王甦 苑彬 梧桐 著

老白小白

Old Bai & Young Bai

敦煌文艺出版社

图书在版编目（CIP）数据

老白小白 / 苑彬，王甦，梧桐著. —— 兰州：敦煌文艺出版社，2018.10（2023.1重印）
ISBN 978-7-5468-1631-9

Ⅰ. ①老… Ⅱ. ①苑… ②王… ③梧… Ⅲ. ①话剧剧本－作品集－中国－当代②电视文学剧本－中国－当代 Ⅳ. ① I230

中国版本图书馆CIP数据核字（2018）第221728号

老白小白
苑 彬 王 甦 梧 桐 著

责任编辑：王　倩
装帧设计：李晓玲　禾泽木

敦煌文艺出版社出版、发行
地址：（730030）兰州市城关区读者大道568号
邮箱：dunhuangwenyi1958@163.com
0931-2131373　2131397（编辑部）　0931-2131387（发行部）

三河市嵩川印刷有限公司印刷
开本787毫米×1092毫米　1/32　印张9　插页1　字数250千
2019年7月第1版　2023年1月第2次印刷
印数：3 001～6 000

ISBN 978-7-5468-1631-9

定价：38.00元

如发现印装质量问题，影响阅读，请与出版社联系调换。
本书所有内容经作者同意授权，并许可使用。
未经同意，不得以任何形式复制转载。

Contents
目录

001
朝阳村的故事

071
老白小白

123
赵老二上美国

《朝阳村的故事》剧照

《朝阳村的故事》剧照

《朝阳村的故事》剧照

005

《朝阳村的故事》剧照

▲ 《朝阳村的故事》剧照

【三幕话剧】

朝阳村的故事

The Story of Chaoyang Village

王甦 著

作者简介

王甦,青年编剧,毕业于中央戏剧学院戏文系,现就职于北京人民艺术剧院。2015年参加国家艺术基金话剧编辑人才培养研修班,2016年获得北京文化艺术基金青年艺术人才创作扶持。话剧作品《我是余欢水》《冰雪圆舞曲》《冰山在融化》《追梦的女孩——少年宫的故事》《花果山漫游记》《课本人大作战》等。《无果花》入围第二届中国话剧原创剧目邀请展,北京文化局"北京故事"优秀小剧场剧目展演。《手心手背》2016年度北京市文化艺术基金青年艺术人才扶持项目。《海上花开》2017年度北京市文化艺术资金资助剧目,2018北京青年原创戏剧展演季剧目,2018"海之声"新年演出季开幕剧目,海淀区"大写中关村·聚焦海淀人"剧本征集活动第一名。影视作品:电视剧《奇幻乐园》《南城遗恨》《密站太阳山》《冷案》等;电影《小白领大翻身》;微电影《大林寺桃花》《乐不思蜀》等。

第一幕　无序发展　问题重重

【时间:几年前。

【地点:朝阳村村口。

【清晨的阳光照在朝阳村的石碑前,"朝阳村"三个大字格外显眼。远处是缓缓流淌的朝阳河,水面上波光粼粼。水边是栉比鳞次的楼房,这些楼房都是私搭乱建的,所以高低不齐,无序而散乱。水边还能见到几家石材市场。

【地铁报站的声音:各位乘客您好,下一站是朝阳村,请您拿好随身行李,准备下车。

【运输车轰隆隆不停驶过的声音,嘈杂的人声慢慢唤醒了朝阳村热闹的一天。

【一个过路的人停在村口的石碑前。

过路人:(念)朝(zhāo)——阳——村。这名字有意思,朝阳,早晨的太阳!

张老三:认字吗!我们这儿是朝(cháo)阳村!

过路人:你是这村的?

张老三:怎么着?我不是这村的难道你是?

过路人:大哥,你怎么说话这么大火气呢?我是来租房的,听说这里房子多。

张老三:没错,我们村就是房子多,现如今,我们这儿虽说是农村,但是我们已经不种粮食、不种菜,改种房子了,喏(指着身后栉比鳞次的房子),那就是我们的"庄稼"。我们这儿交通便利,守着公交地铁,房子出租可火了!租房是吧!找对人了,我们家就有啊!

高雪梅:(忽然冲出去)我们家也有房啊!我们家房子是新盖的!三层小楼!而且临街,不像他家,车进不去的!

张老三:我们家车进不去,那还不是因为你们家趁着天黑抢盖扩盖房子,占了我们家的道儿吗!话说回来你那抢起来的房子整个儿一薄脆,风一吹就塌。还是我们家房子好,结实!

高雪梅:你们家房子太旧了,赶上下雨,屋里都成水帘洞了!说起水,我这的水你随便用,不收费,他还得跟你扣水费呢。

张老三:我扣水费?那是为了节约用水,哥们儿,别听老娘们儿说疯话,她家房子电线都走外面,你住着放心吗?

高雪梅:兄弟,他们家房子连个窗户都没有,夏天闷不说,冬天生个火得呛死你!这样,你先跟我去看看,一看就知道了!

【高雪梅拉着过路人要走,张老三也一把拉住过路人,两人来回拉扯。

张老三:高雪梅,你拉拉扯扯干什么!大白天的,你这是明抢啊!

高雪梅:张老三,你一大老爷们儿整天游手好闲,混吃等死,你好意思吗?

张老三:哥们儿,租我的房子,签了合同你就能搬,我还不收你押金!

高雪梅:租我的,咱都痛快人儿,你给我写个借条,现在就能住进来!

【俩人使劲拉扯,过路人急了,挣脱。

过路人:我不租了!(撒腿就跑)

高雪梅:张老三,你坏我生意!

张老三:(边说边后退,说完就跑)高雪梅,是你抢我的房客,你这泼妇!活该你死了男人,我叫你八百年嫁不出去!

高雪梅:(气急败坏)张老三!我和你拼了!(追下)

【暗转。

【朝阳村村委会办公室。

【村干部们正在开会讨论问题。

何琪：根据我们不完全统计，这个月，村里违法加盖的房子又增加了140多间。村民把能盖房的地方都盖满了，连村里几条主要的马路都被侵占了，导致朝阳河边的砂石运输车通行不畅。一边是采石场老板抱怨村民的违章建筑影响了他们的生意，一边是村民抱怨采石场扰民，污染环境，到处是土。

潘树林：哎，这些都是老生常谈了。

何琪：还有就是最近村里的治安特别不好，昨晚村头老王家又被盗了，虽说丢的东西不多吧，但是这已经是咱们村这个月第六家被盗了！咱们村流动人口太多，有采石场的工人，也有租房的租户，村民为了收租金，根本不管租户是什么人，只要给钱就租。现在违章建筑膨胀速度快得吓人，老葛头家的房子一夜之间新起了3层，这新增加的房子又引来更多的人住。人多了，这生活垃圾也随之增加，现在村里仅垃圾清运这一项就是不小的开支，光花钱还不算，关键是清理不过来呀，村里环境越来越差了。

潘树林：这些都是历史发展带来的问题。过去咱村啊，离着城里近，很早就没地可种了，年轻人都出去上学或者上班了,不愿意回村里发展。村里的上年纪的人呢没什么大本事,也没有个一技之长,但有的是房子啊,就开始吃瓦片,就这么着房子越盖越多。大概是十几年前,那时候我还年轻,我记得有几个私人老板看中了咱们村,村边的朝阳河盛产沙子,挨着朝阳河,方便石材加工,他们就想开采石场。村里当时的班子觉得这是项产业啊,很便宜就把地租出去了,河边一下子建起来好些砂石料厂和石材加工市场。当时,咱们都不懂啊,签的土地租赁合同中土地租金非常便宜,那租赁时间一签就是50年,所以村里赚不了多少钱,现在看来租金还不够修路养河堤运垃圾呢!

何琪:是啊,土地租赁合同一签就是50年,如果咱们说不租了,就面临着违约,这得赔人家多少钱呀,咱村现在没钱赔人家呀!另外这些砂石场老板当时是咱求着人家来村投资办厂的,现在说不让人家干了,这不是翻脸不认人,砸人家饭碗吗?另外这些产业链中有很多错综复杂的利益关系,哪任村班子都不敢触碰,孙书记,我看咱们也就这样吧,没办法。

孙富贵:这样的产业不但没有给地区百姓带来收益,反而带来了更多的社会问题。这些问题必须解决,否则朝阳村的未来……

【连顺急匆匆跑上来。

连顺:孙书记!孙书记!

孙富贵:连顺,出什么事了?

连顺:刘大妈的老毛病又犯了!在家里晕倒了!

孙富贵:啊?叫救护车了吗?

连顺:有人叫了救护车,可是救护车开不进来!

潘树林:为什么?

连顺:房盖得太密了,人都走不进去,救护车就更开不进去了!

孙富贵:快走!咱们去看看!

连顺:小伙子都跟我走!一起抬担架,把刘大妈抬到救护车上去!

【众人一起跑下。

【众人跑到村里一处私搭房聚集区。一些村民正在围观。

白小六:葛大爷,你看看,你这房子盖得太霸道,把路都堵死了!今天刘大妈要是蹬腿了,你这娄子就捅大了!

葛大爷:小六儿,养你的鸽子,别在这儿贬损老人。

白小六:葛大爷,你这个月又盖了多少房啊!

葛大爷:又加了三层怎么着!租房的人太多,就这还不够租呢!

高雪梅:葛大爷,你们家那楼盖得都快和我们家握上手了!

白小六:正好,两家变一家!

高雪梅:你胡说什么呢!

【村干部纷纷跑过来。

孙富贵:乡亲们,让让路,让让路!

【孙富贵带着潘树林、连顺往里跑。

连顺:小六子!快来帮帮忙!

白小六:得!(跟着跑进去)

【众人跑进刘大妈家。

孙富贵:刘大妈,你怎么样?

刘大妈:(躺在床上)我没事,我没事!

连顺:快上担架,我们抬你去医院!

刘大妈:我不去医院……

潘树林:刘大妈,你就别推辞了,有病得去医院!

刘大妈:我没钱看病,不给大伙儿添麻烦了。

白小六:行啦,刘大妈,别扛着了,去医院吧!

连顺:孙书记,咋办?

孙富贵:抬走!

【众人七手八脚,把刘大妈抬上担架。

【几天后,村委会办公室。

【何琪在整理文件,电话铃响起。

何琪:(接电话)喂,朝阳村村委会。葛大爷啊,怎么了?今天清运垃圾的车已经开走了,满满一车,再拉就得等明天了。葛大爷,不是我说,你们家的房客太多了,一个小楼里,住了四十多个人,每天得扔多少垃圾,每次都是我们刚运走,立刻又扔满了,清不过来呀。你和租房的说说,有垃圾扔到指定地点去,别老往河边扔!

【孙富贵打着伞走进来。

何琪:孙书记回来了?刘大妈怎么样了?

孙富贵:好多了,唉……

何琪:孙书记?怎么了?

孙富贵:看完刘大妈,我顺着河边走了一圈。外面一下雨,村里的路就更难走了,真是晴天一身土,雨天一脚泥啊。村民习惯了把垃圾扔在河边,这一下午,河边又堆满了垃圾,曾经清澈的朝阳河,如今变成了臭水沟,苍蝇蚊子漫天飞……我这心里真着急啊。

何琪:刚才葛大爷还打电话来,说垃圾的事儿。朝阳村的问题也不是一天两天了,咱们努力了几年了,解决了一个问题,立刻冒出两个三个新问题。

孙富贵:我是村党支部书记,组织把朝阳村交给我,朝阳村党员信任我,可我干了几年,都没把朝阳村的问题解决好,我这心里,不自在……

【电话铃响。

何琪:(接电话)喂,朝阳村村委会——什么?!

【暗转。
【隆隆的雷声。
【倾盆大雨。
【宋志国家门口,宋志国和老伴儿挎着小包袱站在椅子上。
【孙富贵和何琪打着伞冲进来,艰难地蹚着积水前行。

孙富贵:老宋!快走!我们带你出去!

宋大爷:老伴儿,咱们赶紧走吧!

李大妈:我不走!我走了家里丢了东西怎么办?

何琪:什么也丢不了!您快跟我们走吧!雨太大了!这里地势低,一会儿房子塌了可怎么办!

李大妈:那我就更不能走了!我的东西都在家里,我得看好了!我都年纪一大把了,死也得死在家里!

宋大爷:你胡说什么?赶紧给我下来!

孙富贵:大娘,留得青山在,不怕没柴烧!

何琪:怎么这么臭啊!(忽然大惊失色)孙书记!

孙书记!

孙富贵:怎么了?

何琪:你看!估计是后面的茅房也淹水了!咱们快走吧!

孙富贵:你快把宋大爷搀出去!

李大妈:孙书记,我谢谢你,别管我,这屋子里全是粪水,你们走吧!

孙富贵:我背您出去!

何琪:(一把拿过李大娘的包袱)快走吧!水已经没过大腿了!(扶着宋大爷出去)

孙富贵:(拉着李大娘,艰难地背着李大娘走出来)大娘,我们不能扔下您不管。

【孙富贵和何琪艰难地蹚着水出来。
【狂风暴雨。
【暗转。
【村委会办公室,孙富贵、潘树林、连顺、何琪在开会。

孙富贵:这场大雨,淹了半个朝阳村,现在虽然雨停了,但是毁了很多房子。

潘树林:过不了几天,村民就会重新盖房,没准儿比以前盖得还多。

何琪:大雨还毁了几条路,尤其是采石场大货车经常走的那两条路。采石场的宋经理,天天来村委会反映情况,让咱们修路,说他的石头运不出去。

连顺:村民的抱怨很多,都说,都说……

孙富贵:说什么?

连顺:说咱们……无能。

【高雪梅扶着一个女村民上。女村民哭得浑身发抖。

女村民:我的儿子……我的儿子!

孙富贵:这是怎么了?

高雪梅:林姐的儿子出车祸了!一辆拉沙子的大车把孩子剐倒了!孩子正在医院急救呢!急需用钱,所以找到村委会来了。

连顺:什么?!

女村民:你们谁是管事的?

孙富贵:我是村党支部书记。

女村民:你们是干什么吃的!也不好好管管!村里都成什么样了!都是你们!没本事!无能!

朝阳村让你们给败坏成什么样了!要安全没安全,要环境没环境,要路没路,要钱没钱!那些采石场那么乱、那么吵!你们也不管!你们收了他们多少钱?

潘树林:你!你说的是什么话……

女村民:我说错了吗?要不是你们什么人事不干,我的儿子也不会……不会被车撞了……我儿子急救需要两万块钱押金,我拿不出这么多钱,只能找你们?

孙富贵:咱们大伙给凑凑,救人要紧!

【村民都出现在舞台上,将村干部围在中间。

众村民:你们是干什么吃的!
葛大爷:垃圾、垃圾,你们清不干净!
白小六:房子漏了也没人管修!
张老三:别的村分红年年涨,朝阳村十年没变,今年还减少了!
高雪梅:都是你们!太没用了!
【村民群情激昂,场面越发混乱。
孙富贵:够了!大家听我说,是我无能,没把朝阳村治理好,没把朝阳村百姓服务好!对不起了,各位乡亲!我一定给大家一个交代!
张老三:你说!你怎么交代?
何琪:张老三,你少说两句!
孙富贵:我对不起朝阳村百姓,我申请辞去党支部书记一职!

【收光。

第二幕　因势利导　扭转局面

【起光。
【几个月后。
【苏超、潘树林等几位村干部正在开会。
【苏超在看文件。(因外乡人说服力差,苏超人物设定为本村人,有利于后面平坟事件的处理。苏超小时候调皮捣蛋,是村里出了名的"坏孩子",高中毕业后,家里人让他参了军,指望部队改造好他。十几年工夫,在部队的大熔炉里,苏超变得果敢、坚毅、沉稳……转业后又重新回到家乡,当了村书记。这也是他转业的第一志愿,回家建设自己的家乡,让它更加美丽。)

潘树林:小超子,你小子跟小时候大不一样了,看来部队这个熔炉真是塑造人呢!刚开始听说你要竞选村党支部书记，我还以为我听错了呢。你还记得你小时候带着村里那帮孩子偷我们家鸡的事吗？

苏超：潘叔，当时年纪小不懂事，您别往心里去啊。

潘树林：当时还真往心里去了，现在不会了，现在不一样了，苏书记了，嗯，部队锻炼出来的还真是不一样了，透着能干大事的精气神。

苏超：潘叔，快别夸我了。我转业时的第一志愿就是要回到朝阳村，这个生我养我的地方，我要为自己的家乡、乡亲做点事，也不枉党和国家这些年对我的培养。您快给我详细说说村里的情况吧。虽然我是本村人，但是在部队的这几年，村里也发生了一些变化，虽说竞选的时候，我也做了些功课，但是转业回来时间不长，对村里的很多具体情况还是了解得不透彻，还请您给细细地指点指点。

潘树林：噢，对，说正事。朝阳村隶属于北京，仅靠朝阳河，在辽金宋元时代是有名的运河码头，非常的繁华，村里的文物古迹不少，历史是很悠久的……

苏超：（示意不必再说）潘叔，我就是这村长大的，这些情况我了解，我想听你介绍一下，材料上没有的情况。

潘树林：材料上没有的情况？（一时语塞）我也不知该说啥，你就说你想知道点啥？

苏超：我想知道,咱们村未来的发展规划是什么?

潘树林:规划?

苏超:我发现咱们村现在基本没有耕种土地,就业率很低,流动人口多,治安情况不太好,环境也有点脏乱,村民心气儿都不高,整天无所事事,打架拌嘴的,惹事生非的,村容村貌急需改变。

潘树林:哎呀,小超子不要着急,你才回来几天,时间多得很。

苏超:老主任,我是觉得时间不够用,恨不得一天有 26 个小时用。

潘树林:啊,好吧,好吧。何琪!

何琪:唉!

潘树林:苏书记,这是何琪,她有文化有经验,以后就给你当助手。

何琪:苏书记。

苏超:好啊,小何,我看咱们年纪差不多,你就叫我苏超吧,以后多多照顾我这个新来的呀!

何琪:苏书记,您别这么说,以后您需要干什么,尽管支使我,我都听您的。

连顺:对,书记咋说,咱们就咋干!

苏超:咱们是同事,商量着,谁说得对就听谁的。我想做一次全村的入户调查,总结一下各家的问题、需求,好知道村里最急需解决的事情到底什么。

【暗转。
【何琪和苏超在村里家访。
【秋风瑟瑟,何琪和苏超瑟瑟发抖。
苏超:(敲门)白大哥,您好,我是村委会的苏超,能做个入户调查吗?
白小六:苏超?我倒是认识一个,不过那小子估计还在部队捣蛋呢。
苏超:(换一家敲门)葛大爷,您好,我是村委会的苏超,能做个入户调查吗?
葛大爷:什么?又来砸我家玻璃了,快走吧,小心大爷我抽你!
苏超:(继续耐心敲门)宋大哥,您好,我是村委会的苏超,能做个入户调查吗?
宋志国:小超子,快回家吧,别瞎折腾了,谁当书记都治不好朝阳村的病喽,你也赶紧哪儿凉快去哪儿吧!
苏超:(打喷嚏)阿嚏!
何琪:苏书记,你的耳朵都冻红了!风太大了,你会感冒的!
苏超:没事,小何啊,你要是觉得冷就先回去吧,我再去几家。阿嚏!

何琪:我来敲门吧!

高雪梅:(没好气)敲什么敲!我又不认识你!

苏超:高大姐,我是老苏家的小超子啊,也是新任的党支部书记——

高雪梅:谁来也不开。就凭你,还当村书记,靠关系上来的吧,小时候没少给我添乱,现在又来捣乱来了?

何琪:高大姐,你怎么这么说话呢?

高雪梅:就这么说,我忙着呢!你们走吧!

苏超:(安抚)没事。(继续客客气气说话)高大姐,我想给村里人办几件实实在在的事。

高雪梅:我们家西屋漏水一年多了!一直没人管,你会修吗?

葛大爷:我们家电视老没信号,你会修吗?

白小六:我的自行车脚蹬子掉了,你会修吗?

张老三:他呀,只会捣乱!小时候那些缺德事,哪件少得了他。

苏超:大叔大妈,是部队磨练了我、教育了我,我现在是一名共产党员了,不再是小时候的捣蛋鬼。请大家相信我。

高雪梅:你就满嘴跑火车吧!我才不信呢!

何琪:(觉得尴尬)书记,咱们都走了一多半了,天都黑了,明天再继续吧。

苏超：好，今天就到这儿。你也快点回家吧。

何琪：苏书记，高大姐心直口快，是村里有名的炮筒，说话不好听，你别往心里去。

苏超：小何，你放心吧，我不往心里去。几句不好听的话不算啥，村里的风气不好，老百姓有点怨气是正常的，咱们的工作要是做到位了，风气早晚会变好。

何琪：苏书记，你可真有点硬汉风采。这几天吃了那么多闭门羹，受了那么多白眼，你都笑呵呵接受了。刚才那个高大姐，还有昨天那放狗要咬咱们的张老三，那都是村里有名的老大难，谁见了都躲着走。

苏超：我以前是军人，军人为国家流血牺牲义无反顾，为百姓做些实事就更是应该了。这几天的罪不白受，我发现村民的怨气不是无缘无故的，朝阳村的产业已经不适合现在的情况了，必须尽快转型升级，咱们先把老百姓关心的问题解决好，老百姓就会打开房门，和咱们说心里话，只要咱们把老百姓关心的事解决好，他们就会打开心门。

何琪：打开房门，打开心门！您说得真好！

苏超：我想召集一次村民大会。

何琪：村民大会？

苏超：开会之前，咱们得先开个班子会！

【暗转。

【村干部在开会。

何琪：村里这个月增加了14处私搭乱建的房屋。葛大爷原来在他的宅基地盖了个2层小楼，一个外地商人租他的房子当员工宿舍，在小楼上加盖了3楼，变成5层。那些房子没经过设计规划，既不防火也不防震，实在是危险啊！

潘树林：这葛老头是个财迷，那商人出钱给他盖楼，答应5年后把房子给他。村里像这样的情况很多，百姓拿着钱特别高兴，死活不同意拆除这些违章建筑。咱们工作很难做。

苏超：这些违章已经危害到村民的安全了，不管多艰难，一定要拆除！但首先要办的是，腾退采石场，一定要外迁！

连顺：对！书记咋说，咱们就咋干！

潘树林：说得容易，如果好迁，之前的村班子早就办了！小苏啊，你知道这个事有多难吗？

苏超：关系到百姓切身利益的事情，再难也得办呀！（接下来的几天，书记一直苦思冥想，闷闷不乐）

【暗转。
【清晨，7点左右，村委会办公室。

何琪：书记，您每天都这么早来办公室啊？

苏超：是啊，趁着早，清静，看看报纸，看看书，要不断学习才行啊。

何琪：书记，这是今天的《北京日报》，给您。

苏超：（接过报纸，看了一下，突然面露惊喜）太好了！太好了！

何琪：书记，您这是怎么了?! 什么好事把您高兴成这样？

苏超：小何，你快看！咱们的东风来了！

何琪：什么东风？

苏超：咱们一直被什么困扰？

何琪：怎么腾退这些低级次产业呀？

苏超：是呀，你快看，习近平总书记视察北京了，对北京做出了明确的城市战略定位，接下来全北京市的重点任务就是疏解非首都功能。

何琪：书记，快给我看看，"要明确城市战略定位，坚持和强化首都全国政治中心、文化中心、国际交往中心、科技创新中心的核心功能，努力把北京建设成为国际一流的和谐宜居之都"，"要疏解非首都功能，优化产业特别是工业项目选择，突出高端化、服务化、集聚化、融合化、低碳化，有效控制人口规模，增强区域人口均衡分布"。太好了，书记，这是大势所趋呀。

苏超：咱们赶紧组织党员干部，学习习近平总书记视察北京时的重要讲话，并将讲话精神，在全村范围内进行宣传,要轰轰烈烈地宣传,深入人心地宣传!在重大战役开战之前,咱们一定用好宣传这个武器,充分做好党员干部的思想动员,做到一个声音、一口气!

何琪:好嘞,我马上落实!

【转场

【村委会办公室

何琪:书记,今天的班子会和村民代表大会开得非常这么顺利,疏解低级次产业,大家全票通过!真是不容易啊,自从我来咱们村,这还是第一次!不过……

苏超:不过什么?

何琪:我感觉潘主任,好像对这个事有点不那么积极。

苏超:可能他有什么难处吧。

【暗转。

【潘树林家,宋小杰拿着礼物笑嘻嘻地跟在潘树林身后。

宋小杰:三舅,三舅!

潘树林:小杰,你说的事,不行!

宋小杰:三舅,我可是你嫡亲的外甥!

潘树林:真的不行,腾退采石场是村里的决定,我也举手同意了。

宋小杰:三舅!您最疼我了!我这些年摸爬滚打好不容易赚了点钱,你真要看着大外甥被轰出村啊!

潘树林:不是轰出村,是外迁!村里已经在河北联系到了新的厂区。

宋小杰:我不去!那么大个场子!说搬就搬啊!再说了,我每年也没少孝敬您,是不?

潘树林:小杰!可不敢瞎说!咱们是亲戚,你可别害我!

宋小杰:您就说帮不帮忙吧!

潘树林:真不行。

宋小杰:真六亲不认?那就别怪我翻脸!哼!

【苏超、连顺等人在看文件。

苏超:采石场的土地合同是谁签的?所有采石场的合同都签了50年,如果提前解约村里还要支付很高的违约金!

连顺:嗨,那是20多年前的事儿了,当时村委会也没想太多,反正地闲着也是闲着。大家也都同意了。

苏超:这些年,村里就从没想过收回来?

连顺:每次有人提把地收回来都是不了了之。

苏超:咱们得想想办法。这样,何琪,你把这些情况如实写成报告,咱们向乡里面反映一下,请求一下支持,同时联系一下律师。

【何琪上。

何琪:苏书记!有人在采石场闹事!

苏超:怎么回事?

何琪:不知道是谁造谣,说咱们采石场腾退是假,实际是要涨租金!他们把路堵了,那些同意要搬走的采石场,装好了大车开不出去。

连顺:嘿!胡说八道!

苏超:咱们去看看!

【潘树林正要进办公室,看到大家往外跑。

潘树林:干吗啊?火急火燎的?

连顺:别问了,跟着走!

【采石场,宋小杰带着一群人闹事。

宋小杰:兄弟们!采石场是咱们赚钱的营生,他们逼着咱们搬走就是断咱们的财路!村委会就是想涨地租,他们好贪污!

连顺:小杰子!你胡闹什么!

宋小杰:快看!咱们的大领导来了!

苏超:宋小杰,有话好好说,你先把路让开。

宋小杰:不让!你们断我们财路,我就断你们的官路!

潘树林：小杰子，你别胡来！

宋小杰：潘大主任！你好大的官威啊！（拿出手机）我好好拍拍你们这些贪官的嘴脸！

【乡亲们纷纷过来围观，议论纷纷。

高雪梅：怎么回事？

张老三：你就看热闹吧！

苏超：宋小杰，你说话要负责任，腾退采石场是为了全村人考虑，为了朝阳村的未来。我们村委会没有一个人会从中得利，各位乡亲！我们愿意时刻接受大家的监督！

宋小杰：哪个贪污犯也不承认自己贪污！

苏超：我们在河北帮大家联系的地方非常适合扩大采石场规模，而且新的厂区都是配置了最先进的环境保护系统，无论是空气还是排水，都经过特殊处理。相信我们，大家搬到河北会有更好的发展空间！国家还有政策和资金支持！

宋小杰：别听他胡说八道！

潘树林：你别闹了！给我回家去！

宋小杰：潘主任！你可真是大公无私！

【潘树林上前去拉宋小杰，被宋拉了个趔趄，苏超赶紧去搀。宋小杰煽动采石场的人把村干部围在中间。宋小杰故意撞苏超。

宋小杰：乡亲们！村干部打人啦！

连顺:谁打你了!

潘树林:混账东西!

【人群开始喧闹,宋小杰推搡着村干部。围观群众开始录像拍照。有人推倒了何琪。

苏超:乡亲们!保持冷静!千万别伤人!

宋小杰:假惺惺!(一拳打在苏超身上)

张老三:嘿!还真动手啊!

高雪梅:小杰子!你敢打当官的!

苏超:乡亲们,无论如何采石场都要搬走。想想前些天被撞伤的孩子吧!想想雨天村里难走的路!朝阳村可是宝地,不能这么毁下去了,咱们得对得起子孙后代!

宋小杰:好啊!你是非关了我的场子是吧?我打死你!

【宋小杰开始犯浑,拿着工具打苏超,一束红光照在苏超身上。

高雪梅:流血了!

何琪:苏书记!

【高雪梅等村民纷纷过来,挡在村干部前面。

【暗转。

【村委会。

【何琪给苏超上药。

何琪:苏书记,你还是去医院吧!

苏超:没事,不就是流点血吗?我当过兵,负过伤,这点小伤不算什么。你没事儿吧?

何琪:我没事,就是摔倒的时候崴了一下。(委屈)咱们这顿打挨得真冤。

苏超:不冤,你看到了吗?紧要关头,乡亲们站出来维护咱们!群众的眼里不揉沙子!

连顺:(上)书记,何琪,我把潘主任送回家了。

苏超:老主任没事吧?

连顺:气得浑身哆嗦。宋小杰是他外甥,他管不好家里人,觉得没面子。

苏超:做基层工作讲究方式方法,有时候亲戚关系确实会影响工作。潘主任年纪大了,你们多劝劝,让他不要生气,我们去和宋小杰谈。慢慢来,就事论事,别激化矛盾。我看通过今天的事,乡亲们都会支持搬走采石场。

【暗转。
【采石场前。

何琪:苏书记,咱们用了三个月就把采石场搬走了!

苏超:乡里拨了资金,替村里交了违约金,还帮助搬走的企业联系场地,减免租金,办理贷款,这么好的条件,连宋小杰也动心了。他一搬走,也不会有人再闹事了。

潘树林：这浑小子，真是不让人省心。

连顺：苏书记，咱们接下来干什么？

苏超：当然是——

何琪：拆违建！

连顺：又是一桩麻烦事。

苏超：遇上事解决事，赶上事不怕事！咱们解决不了，还有乡里领导。总之，为了老百姓，咱们不怕麻烦。

【村干部们挨家挨户排查安全隐患。和之前吃闭门羹相比，这次乡亲们都打开了房门。

何琪：高大姐，你家的房子不能再加盖了，太危险！

高雪梅：才五层，我还嫌不够高呢！

苏超：小六儿，你在房顶上盖了三层的鸽子笼，地基不稳，有安全隐患。

白小六：我又没出租，给鸽子住也不行？

潘树林：老宋，你家这房子层层转租，我看你连租给谁都不清楚，这可太要命。

宋志国：只要给钱不就得了，我管他谁住呢！

连顺：老三啊，你家房子太旧了，我看来场大雨根本扛不住！

张老三：下雹子我都不怕！

【下雨的声音。雨越下越大,依稀有玻璃碎裂的声音。

【村干部都在外面巡查,风雨中传来隐约的喊声:"大家快转移,雨太大了!"

何琪:高大姐家外墙上走的电线短路烧了,现在整条胡同都断电了。

潘树林:现在漆黑一片,不知道各家情况怎么样了!

苏超:(指挥)你去抬水泵,你去拿梯子,快!快把救援车开来!

【抢险队到现场。

群众:今年这雨太大了,真是下邪了!

【巨大的响声,房倒屋塌。

高大姐:哎呀!张老三,你家房子塌了!

租户:(跑来)张老三!我的货都在里面,你得赔我!

张老三:要不是你擅自开墙打洞,开什么小卖铺,能塌吗?租房时我怎么跟你说的?

租户:你怎么说的,有什么凭据?我不管,那是你家,你得赔!

连顺:(探查了一番情况掉头回来)路口太窄,路旁都是石材租户乱堆的物料,咱们车进不去啊!

何琪：这可糟了，葛大爷和白小六还没出来呢，他们那里地势最低！

苏超：时间就是生命，抄家伙，党员跟我来！

（灯光切换，跟随情节聚焦不同的人物）

葛大爷：(灯光渐暗，潘主任敲门没人应，里面传来葛大爷喊声)我的天哪，存折哪去了！

潘主任：(潘主任当机立断，一脚踹开门，冲进屋里往外搀扶着葛大爷)葛大爷！快走吧！

葛大爷：存折没找到，我不走！

【雷声、雨声、倒塌声，混合在一起，令人恐惧。

白小六：(刚出家门又跑回去)我的鸽子！

苏超：(往回拉)小六快走！

潘树林：(倒塌声，潘树林扑救，灯光暗)老葛小心！

连顺：(喊)潘主任！

【苏超、白小刘跑过来，连顺背起葛大爷带着白小刘一起转移。

【暗转。

【村委会的一间办公室。

【葛大爷哭丧着脸坐在椅子上。

葛大爷：潘主任啊，你可千万别有事呀，你要是有个三长两短，我还有什么脸活呀，要不是你，我就被埋在房子底下了。

连顺:您呀、您呀,说您什么好呢!不仅仅是潘主任,还有三个人被压在房子底下呢!

葛大爷:还有三个?我的天呀,四条人命!……我会不会蹲监狱啊?!

连顺:你是房主,现在房子塌了,不论如何你都要承担责任。

葛大爷:我后悔啊!我当时也不知咋了,财迷心窍了!一看见钱就啥都忘了!我要是知道房子会塌,当初我就不会加盖了,现在潘主任不知道是死是活,我那房子下面还压着三个人,我……我……唉!

连顺:现在大家都去救人了,希望他们没事。

葛大爷:唉!为了那点钱!我真是不应该啊!我干吗非盖那么多破房子啊!

【苏超上,一身疲惫。连副书记赶紧走上前。

连顺:书记,受困的人救出来了吗?

苏超:救出来了,一个重伤,三个轻伤。

葛大爷:没死人,没死人,我不用坐牢了,不用坐牢了。

苏超:潘主任重伤,正在医院抢救,还没有脱离生命危险。另外三人轻伤,没有大事,他们都是来咱们村打工的。(对连顺)赶紧派人联系他们的家人。

连顺：唉！书记咋说，咱就咋干（下）。

苏超：葛大爷，虽然现在没出人命，但这不是小事，你暂时不能离开村里。

葛大爷：我知道，我知道。

苏超：葛大爷，钱是赚不完的，可是人的命只有一条，不管什么时候，咱们都不能为了钱忽视安全。村里有很多违章建筑，大家都觉得出租房子来钱快，可是来钱快，出事也快。

葛大爷：是呀，就我收的那点房租，都不够给人赔医药费的，我知道厉害了！老天保佑！老潘啊，你可千万别有事啊！

【电话响。

苏超：喂！何琪！（愣住了）

葛大爷：怎么样？老潘怎么样！？

苏超：（缓缓放下电话，背身过去，垂下头）老主任……没了……

葛大爷：（明白了）老潘！都是我害了你！

苏超：葛大爷！葛大爷！你别激动！

葛大爷：是我害了你啊，我利欲熏心了，我再也不盖违建了，组织上能给我个改过自新的机会不？我赔钱，赔多少都行，只要不抓我进监狱就行，我一定带头把私搭乱建的房子都拆了！不然我对不起老潘啊！

【音乐。

【暗转。

【村委会办公室。

【苏超和何琪在谈话。

何琪：村西的违章建筑拆除得比较顺利，葛大爷带头拆了那座小楼，很多村民也就答应拆了。麻烦的是，村东边有一片坟地，如果村里要修路，那块地是怎么也绕不过去的。

苏超：这可得好好想想，一定要照顾到村民的情绪，毕竟我们中国人是最重视孝道的。还有，咱们上个月开始定时定点倒垃圾，村民还是不适应，为了修路清淤，这件事必须继续巩固。

何琪：如果潘主任还在就好了，他在村里威望高。

苏超：就算为了老主任，我们一定要把朝阳村建设好，这样，老主任泉下有知，也能闭眼了。

【连顺急匆匆跑过来。

连顺：出事了！出事了！

苏超：出什么事儿了？

连顺：我、那、唉！你们快出来看看吧！

【苏超和何琪对视一眼，赶紧跑出去。

【村委会门口堆满了生活垃圾。

【门前还有很多看热闹的村民,交头接耳。

张老三:(带头扔垃圾)乡亲们!村委会事儿太多,连扔垃圾都不让咱们痛痛快快地扔,那咱们就往村委会扔!

葛大爷:三儿!你别胡闹!三天两头闹事!有完没完你!

张老三:(看见了苏超等人)瞧瞧!咱们的村干部来了!乡亲们,自打这小子当了朝阳村的书记,连爹娘都快忘了。你还知不知道你是朝阳村的人啊!成天跟我们这些叔叔大爷过不去!昨天逼着拆采石场,明天逼着拆房子,现在扔垃圾也得管!你把你潘叔的命都搭进去了!

苏超:乡亲们,我们做的所有事儿都是为了朝阳村,从来不是为了自己,我问心无愧。潘树林同志是为了村里的建设牺牲的,他是英雄!我们一定会完成他没做完的事!张老三!你对我有什么不满,有什么事儿跟我去村委会好好说,我们给你解决,别在这儿聚众闹事!

张老三:(站到高处)问心无愧?好,那我问你,你勾结外人要来铲我们朝阳村的祖坟,有没有这事儿?

【围观的村民为之哗然。

【苏超没有说话。

张老三：看见没有！他不说话！他理亏！

葛大爷：（惊讶）苏书记，怎么回事？

苏超：是有这事儿，可是——

张老三：乡亲们！听见了吧！他承认了！他们，要挖朝阳村的祖坟！如果你爹要还活着，他能由着你这么干?！

【一石激起千层浪，村民议论纷纷。

白小六：敢挖我们家祖坟？我和他拼了！

高雪梅：老苏呀，你这没走几年，你儿子就要回来挖坟了，你真是养了个好儿子啊！

苏超：乡亲们！你们听我说！要想富先修路，这句俗话大家都听过。咱们朝阳的路到现在还是土路，要是想发展，咱们就必须铺四通八达的柏油马路，可能需要一些乡亲们迁祖坟——

张老三：不行！

村民们：我们不同意！

苏超：乡亲们，我们都有祖先有亲人，怀念故去的人不一定非要每年清明、中元节上香磕头，我们可以把先人放在心里，我们要把各家的生活过得更好，这样先人才会安心！咱们现在条件好了，思想也要进步，咱们要向城里人学习，做文明的新农村人！可我们必须有畅通和河道和畅通的路！我相信如果潘主任还活着,他一定会同意的!

葛大爷:苏书记说得对,我支持通淤修路!

张老三:就算你说得天花乱坠,但是中国人最重视孝道!我就问你一句,你爹的坟你迁不迁?

苏超:我,迁!只要是为了村里的发展,我第一个迁!

【村民陆陆续续从四面八方走上来,汇集到苏大爷坟前。

苏超:爹,不孝的儿子回来了。小时候,我不懂事,天天给您闯祸,让您在村里抬不起头。是部队这个大熔炉锻炼了我,我现在回到村里想为乡亲们办点实事,让自己有点出息,给您老争争面子,可是您却走了。爹,原谅儿子今天又要不孝了,要亲手挖您的坟。爹,儿子是为了咱朝阳村以后的发展啊,不迁坟就修不了路,修不了路,朝阳村人就富不起来。您以前总对我说,一定要做一个对社会有用的人。我就是想带着朝阳村的乡亲们走上一条幸福路。爹,儿子给您叩头了!

【苏超拿起铲子,使劲握在手里,毅然铲向坟头!
【众村民震惊了。

第三幕　前景光明　信心百倍

【时间:一年后。

【地点:朝阳河畔,朝阳村村口。朝阳村的石碑依旧闪烁光芒。

【画外音播送着一条新闻:"一年来,朝阳区朝阳村率先完成功能疏解任务,正在积极开展产业转型升级,未来朝阳村将建成京北最大湿地公园,建成绿色健康产业园区。"

崔雪:苏书记,听您这么一说,我觉得这朝阳村的发展都可以写一部电视剧,酸甜苦辣,曲折动人!

苏超:真不愧是大学生。

崔雪:人家是研究生。

苏超:高才生!口才好!崔雪啊,你来村里工作也有一段时间了,感觉怎么样?

崔雪:我觉得朝阳村挺好的,不过有一个事没想明白。

苏超:什么事?

崔雪:按理说老百姓挺支持建湿地公园的,怎么拆起房子来就这么费劲呢?

苏超:乡亲们住了一辈子,习惯了,忽然要拆迁上楼,有情绪是正常的,咱们慢慢做工作。

崔雪:尤其那个西边的白小六儿,他养了几十只鸽子,那鸽子满处拉屎,有一次都拉我衣服上了。哎哟!(看袖子)鸽子屎!

【暗转。
【村委会。

白小六:你们上你们的楼,我就喜欢住平房,你们说出大天的好我也不拆!

连顺:小六!你看,咱们村现在这块地正好规划的是湿地公园的核心区域,你不拆不搬,就会影响到整个湿地公园的建设,咱们村好不容易有了这样一个机遇,大伙在脏乱差的环境里真是住怕了,就盼着湿地公园早日建成呢。

白小六:可是我,我,我倒无所谓,我的鸽子怎么办?

连顺：没人不让养鸽子呀，养鸽子和拆迁有什么关系？

白小六：我能上楼，我的鸽子上不了楼呀！我这可不是一般的鸽子，是信鸽！得过奖的信鸽！你们村里想怎么着就怎么着！（拿着哄鸽子的棍子比画）去年说我这个是私搭乱建，不规范，这刚刚规范完了，又要拆迁。你们有谱没谱儿？

连顺：小六子，你都三十多了，也没娶上媳妇，你爸妈要是还活着，非得和你急眼不可。你听大爷一句劝，要是拆迁了，你住上了楼房，整天干干净净的，准保能娶上媳妇！

白小六：连书记，这拆迁有没有安家费补偿款啊？

连顺：那拆迁通知你没看啊？

白小六：没工夫。您给我说说呗。我那鸽子笼能不能分我几百万？真给我500万，我立刻走！

连顺：你这个人呀！

【暗转。

【何琪在和宋志国、李大妈聊天。

何琪：大爷大妈，你们有什么顾虑和我说，我尽力来解决。

李大妈：何琪，大爷大妈在这儿住了一辈子了，前几年家家加盖的时候,我们也没跟着凑热闹。我们就想踏踏实实过日子。

何琪:咱们村现在环境也好了,青山绿水,风景宜人,政府要在村里建个湿地公园,到时候你和宋大爷可以去遛弯,附近的乡亲们乃至全北京的人都可以来呼吸新鲜空气。

宋大爷:可是我听小杰说了,城里人住楼房,住个几十年都不认识自己的邻居。咱们村的老街坊都是半辈子的交情了,天天见面,要是搬家了,我担心以后没人和我们聊天说话。

何琪:咱们是就地拆迁上楼,地方还是咱朝阳村的地方,邻居还是咱朝阳村的邻居,哪儿能没人陪二老说话?

李大妈:让我们想想,和我儿子商量商量。

何琪:小杰最近怎么样?他的采石场搬到河北以后,听说扩大了三倍,现在有出息啦!

宋志国:嗨,还不是村里给他出的主意好!当初他还犯浑打过苏书记。现在想想,要是没搬到河北去,他的厂子说不定都关了。他也说过,想接我们去河北,我不去,我是朝阳村的人,我就在自己这一亩三分地待着。

【暗转。

【苏超、何琪、崔雪、连顺在开会。

何琪：情况就是这样，村里不愿意搬迁上楼的主要就是这几种情况，像宋大爷他们这样的老年人担心住楼房不方便、邻里关系不好，像白小六和张老三都是怕耽误他们养鸽子、租房子，简单说就是担心生活方式变化，他们不能适应。

苏超：宋大爷的顾虑是有道理的，但是宋大爷明白事理，他的工作很容易做通。白小六和张老三他们的问题就不好办了。

连顺：老三的问题也不难办，他一直吃瓦片，没工作，咱们可以想办法给他找个工作。

苏超：是条路子。鸽子呢，鸽子怎么办？

崔雪：苏书记，我有个办法。

苏超：你有办法？说说。

崔雪：我还是不说了，我觉得是个馊主意。

苏超：说说看，也说不准是个好主意。

崔雪：拆迁是为了建湿地公园，湿地公园其实就是个绿色生态公园，公园里可以有鸭子、天鹅，也可以有鸽子嘛！咱们就给白小六建一个鸽子岛，再搞一个科普基地，让他在公园里养鸽子，再聘请他当个科普教员，给孩子们讲讲关于鸽子的知识！

苏超：哎呀！

崔雪：怎么了？我说了没准是个馊主意嘛……

苏超：这个主意太好了！

【暗转。
【朝阳河湿地公园落成仪式。乡亲们都来参加。
苏超：乡亲们，今天是朝阳河湿地公园落成仪式，我代表村党支部跟大家说几句。常言道，故土难离，但是为了朝阳村更好地发展，为了绿色北京建设，大家发扬了舍小家、为大家的奉献精神，配合政府完成了拆迁工作。今天，乡亲们住进了崭新的楼房中，推窗映入眼帘的是郁郁葱葱的湿地公园，这里成为京城的一个天然氧吧，一个休闲娱乐的重要场所。昔日脏乱差的小村庄不见踪影，取而代之的是一个具有生机和活力的现代化社区。这都要依靠乡亲们对我们工作的支持和理解，我给大家鞠躬了！

【热烈的掌声。
白小六：乡亲们！跟我去参观参观我那高科技现代化的鸽子笼！我再给你们讲讲，我这些鸽子的故事！

高雪梅：小六子，你不回家陪你新过门的媳妇，倒在这儿显摆鸽子？

白小六：高大姐，我那媳妇儿就是信鸽协会的！不玩儿鸽子，我也娶不着媳妇！

张老三：合着你到了(liǎo)娶了只鸽子！

【众人笑着闹着,随白小六下。几位村干部留在台上。

崔雪:这回咱们朝阳村就不像农村了,越看越像二环哩。我看,咱们以后就轻松多了。

连顺:可别这么说,咱们的工作可是一刻不得闲,还有的是工作要做呢!

崔雪:乡亲们都上楼了,还能有什么难事?

何琪:身子上楼了,思想也得跟着上楼!

苏超:对,咱们的产业转型了,村子也城市化了,咱们村委工作与服务也要跟着一起转型才是,我们现有党员志愿服务队要依托社区群众、培训社工、联合社会组织,要培育出各个领域的带头人,建立更全面专业的服务队伍,实现服务群众零距离,实现朝阳村群众的自管自治,共建人人有责、大家奉献的和谐朝阳村。

李大妈:书记说得对,你们干部管领头,朝阳村的建设也得算我们一份,以后这张家长李家短的事儿我们自己就解决了,哪用得着鸡毛蒜皮的小事儿都敲衙门鼓。

【崔雪有些茫然不解,几位老干部相视一笑。

【暗转。

【几周后。

【崔雪急匆匆走到村委会。

崔雪:(火急火燎)何姐!

何琪:怎么了崔雪?是不是那大公鸡又打鸣了?

崔雪:没错!我刚才在4号楼3层楼道里蹲了半天,6点的时候,没听见公鸡叫,我正高兴呢,以为大公鸡的困扰终于解决了,就在这时候,那大公鸡又打鸣了!

何琪:听出是从谁家传出来的声音了吗?

崔雪:我听着就是张老三他们家传出来的!可我敲门,他不开,隔着门我就问他,是不是他家的公鸡在打鸣,他说——没有的事儿!

何琪:然后呢?

崔雪:然后我就赶紧跑回来告诉您啊!我敢肯定就大公鸡就在他家!

何琪:崔雪,张老三不承认咱们也不能硬闯进他们家。这样吧,明天早上五点半,你和我再去一趟4号楼。

崔雪:啊?还去?已经知道大公鸡在他家了,咱们就要求他处理了不就得了。

何琪:做基层工作要有耐心,不能冲动不能着急。我问你,你觉得张老三为什么明明知道有规定,不能在阳台饲养禽类,他还非要养呢?

崔雪:没事闲的呗!

何琪：你说对了。他就是没事干，闲得无聊，才要养鸡。咱们朝阳村很多人农转非上楼之后，不适应不能养鸡养鸭、不能种瓜种果的生活，咱们要替他们想办法，让他们有新的寄托。

崔雪：您说的这些，我还真没想过……看来，还真不能蛮干。

何琪：好啦，你快回去补觉，大周末的你辛苦了。说好了，明天五点四十，咱们一起去！

【暗转。
【第二天凌晨。
【何琪和崔雪蹲在楼道里。
【大公鸡打鸣的声音传来。
崔雪：您听！就是张老三家！（敲门）
张老三：（在门里喊）谁呀？
何琪：是我，村委会的何琪。
张老三：是领导啊！（假装打哈欠）哈……这么早，干吗呀？
何琪：我听见楼道里有公鸡在打鸣，你知道是谁家吗？
张老三：不知道！
何琪：没事，那打扰了，你接着睡吧！
崔雪：（着急）咱们有证据，为什么还不和他摊牌啊?

何琪:没事,咱们明天早上接着来!

崔雪:啊!

李大妈:咦?这不是何琪和小雪吗?这大清早的,你们俩在这干什么呢?

崔雪:有群众反映,大清早总有鸡打鸣声,打扰休息,我们都听了两天了,感觉就是从张老三家发出的声音,可是他就是不承认。

李大妈:真是辛苦你们两个孩子了。得,这个事啊,交给我李大妈了,我呀动员朝阳群众去他们家抓鸡,我就不信这张老三不买账!

【第三天凌晨。

【何琪和崔雪蹲在楼道里。

【大公鸡打鸣的声音传来。

【崔雪又冲上去敲门。

张老三:谁呀?

何琪:是我!何琪。

张老三:又来干什么啊?

何琪:老张,我听着大公鸡好像在你家,你能开门让我进去看看吗?

张老三:不行,我还没起床,光着屁股呢!

李大妈:光着屁股我也要看,赶紧开门!

张老三:哎,不是,我说你谁呀?

李大妈:我是你李大妈。

葛大爷:我是你葛大爷,赶紧快开门!

张老三:(猫眼看一眼)这这这,怎么都来啦(开门),你们干吗这么兴师动众的,我这什么都没有,你们还要抄家不成!

何琪:张三哥,你看,这大公鸡吵得街坊四邻都睡不好。如果公鸡在你家,你就送走吧。如果没有,就算我们冒昧,打扰您休息了!

葛大爷:张老三,我明天还来趴你家门缝!

张老三:葛大爷,我求您了,别来了,我怕了还不成嘛!

崔雪:这些天净和这些大公鸡大白兔大鸭子斗争了。

何琪:(悄声说)我看这回有戏,大伙明就别来了,等我的好消息。

【第四天早上。

【何琪和崔雪蹲在楼道里。

崔雪:(看表)六点了!(侧耳倾听)咦?!没声儿!大公鸡没打鸣!哈哈!

何琪:问题终于解决了!这事得感谢像李大妈、葛大爷这样的朝阳群众啊!走,咱们快回去睡会儿。

崔雪:看来这张老三也不是油盐不进,不像别人说的那么胡搅蛮缠。

何琪:其实张老三是个很聪明的人,我觉得咱们还是得给他介绍工作。

崔雪:咱们都给他介绍多少次工作了!他没学历,没技术,也不肯去上就业技能培训课,只能安排一些仓库保管员这样的工作,他去不了两天就喊累,跑回来不干了!

何琪:他不愿意干,还是咱们没介绍对,继续给他找!

崔雪:唉!

【暗转。
【村民乙和村民丙扭打上来。

村民乙:你讲不讲道理!好好的菜苗,你凭什么给我拔了?

村民丙:你种菜都种到我们家窗户底下去了!

村民乙:那地又不是你们家的!

村民丙:那块地也不是你们家的!你凭什么霸占了种菜?

村民乙:哟!那你咋还占了一块地种花生呢?

村民丙:我是占了,可我没种到别人家门口去,也没半夜偷花生!

村民乙：我没偷！

村民丙：我说是你偷的了吗？做贼心虚！

【村民甲来劝架。

村民甲：得了得了，乡里乡亲的，有话好好说！

村民乙：老贾，论辈分我可是你三表叔！你得向着我！

村民丙：贾三胖，论辈分我可是你堂舅，娘亲舅大，你得站在我这头！

村民甲：(愣了一下)得！这事儿我不管了！

村民乙：你不能不管！

村民丙：你站住！我可是你堂舅！你别跑！

【村民甲、乙、丙跑下。

【村民丁气冲冲来到村委会。

村民丁：这日子没法过了！你们管不管？

苏超：您坐下，别着急，慢慢说。

村民丁：我们家楼下那家老头，五点多就开始给他那破西红柿搭暖棚，吵得我没法睡觉！孩子睡不好也哭，小孩才一岁，正长身体呢！

苏超：您放心，这事，我们一定管。

【村委会办公室。

崔雪：苏书记！我回来啦！

苏超：事儿办得怎么样？

崔雪：成啦！我按您说的方法办，带着咱区种养中心的技术员上门去教村民在阳台上水培种植蔬菜,那几户天天打架的村民终于不打了。不过人家种养中心的技术人员也不能总来给咱们指导,还得在咱小区里找一位技术能手,指导大家种菜。

苏超:你看这是谁?

高雪梅:小雪啊,我年轻时候就是生产队种菜技术员,还获得过生产能手呢!我现在也不用往外租房了,闲着没事,作为朝阳群众一份子,咱也不能坐享其成不是?给大妈个机会发挥余热,保准给你个惊喜。

崔雪:太好了,高大妈,我给您当助手!

【暗转
【大家谈论各自的蔬菜

村民甲:我家这草莓,又大又甜,绿色无公害,大伙尝尝。

村民乙:快看我这小白菜,嫩着呢,昨天我炒了一盘,那味道跟小时候吃的一样,这农家肥里长出来的就跟施了化肥的不一样。

村民丙:快看我的黄瓜,顶花带刺儿。

村民丁:看我的,看我的……

【书记和崔雪边走边看大伙的热闹场面

苏超:是不是挺有成就感的?

崔雪：不瞒您说，刚开始入职的时候我都要崩溃了！觉得村官儿工作太琐碎，没什么意思，可是跟着大家工作的这段时间，我越来越认识到我们的工作很重要，很有意义。以前我觉得吃力，都是我工作方法有问题。

苏超：崔雪，我真羡慕你。

崔雪：(不解)羡慕我？

苏超：你是大学生，有文化有知识，可以为乡亲们做很多事。你看我，虽然在部队里锻炼过，但是没有接受过系统的高等教育，思路上、眼界上，跟你们文化人差了很多。(略停)崔雪，我知道村里的工作很琐碎，尤其是我们在慢慢向社区管理转变，工作很艰难，非常需要像你这样有思想、有文化的年轻人加入社区建设。当然了，村官期满后，无论你是否留在村里，这段工作经历对你来说，都是非常宝贵的，希望你能珍惜。

崔雪：苏书记，谢谢你愿意给我说这些，我非常珍惜在朝阳村的这段日子，如果乡亲们信任我，我还挺想留下来的，就是不知道乡亲们认不认可我。

【暗转。

【村民乙扛着重物艰难行走。村民甲看见了，急忙跑过来。

村民甲：三叔！我来帮您扛吧！

村民乙：好，扛着！跟我去村委会。

村民甲：去村委会干什么啊？

村民乙：开村民代表会。

村民甲：这箱子里是啥？

村民乙：小白菜，胡萝卜，村委会联系专家教我在阳台搞了个小菜园，这不，丰收啦！我给他们送点菜，也让村委会发给大伙。这是绿色食品！

村民甲：三叔，谁不知道您是铁公鸡啊！还真没见过您这么大方！以前，我堂舅摘您几嘟噜花生，你都非要人家还回来。

村民乙：嘿！你这小子，小看我是不是！村委会说得对，村子是大家的，每个人都得多为别人想想，想想我能为村里做什么，别老想着村里能给我什么！

村民甲：三叔，您可真是进步太多了！

【村民丙上。

村民甲：嘿，堂舅！您这是要去哪儿啊？

村民丙：听说老书记住院了，你没听说？

村民甲：是吗？

村民丙：老书记啊，为咱们村操劳了一辈子，咱们应该去看看不？

村民乙：应该！走，咱们一起去！

【三个人一起走下。

【暗转。

【苏超和何琪在工作。

【崔雪走进来。

苏超：小崔，恭喜你啊，看来乡亲们还是非常信任你的，全票选为村党支部副书记。

崔雪：谢谢大家的信任，我会更加努力开展工作。书记，我有个不成熟的想法，想和你汇报一下。

苏超：你说。

崔雪：书记，咱们搬迁上楼了以后，村民们为了加强联系，成立了很多文艺团体，年底了，咱们组织一次文艺晚会，让大家展示展示，来一次朝阳村的"村晚"吧！

苏超：（很惊讶）这是你自己想的主意？

崔雪：（紧张）是啊……我就是灵光一闪，很不成熟，哎呀，我又出馊主意了！

苏超：小崔啊！这主意太好了！说干就干。

何琪：真是个好主意！

【喜庆的音乐。

【灯光渐暗。

尾声

【时间：除夕夜的傍晚。
【地点：朝阳河畔。
【皎洁的月亮投映在河面上波光粼粼。
【河畔是一处露天活动的会场，会场拉着"朝阳村村晚"的横幅。
【喜庆欢快的音乐。
【村民从远处走来，纷纷从村口石桥走下，汇集在河畔，满脸喜庆地互相打招呼。

崔雪：(搀扶着李大娘)李大妈！您看，这朝阳河边上多热闹哇！

李大妈：是啊！今天晚上河边上怎么这么多人啊？

崔雪：您看看，这河边的灯好不好看？

李大妈：(抬头看)好看！大家都是来看灯？

张老三：(大声)今儿是大年三十儿，除夕夜！(调侃)小崔，你这人说话就爱绕圈子，你就直接说，李大妈不就全明白了！

李大妈：又是一年，好！崔书记啊，咱们村的日子越过越好，今天大家伙得好好过个节！

葛大爷：今天不光要看花灯，还有大事等着咱们庆祝呢！

李大妈：还有什么大事啊？

葛大爷：你看看，那大条幅上写着呐！

李大妈：我这老眼昏花的哪儿看得见呀。

高雪梅：李婶儿，一会儿呀，这沿河的灯都会亮起来，那时候您就看得见啦！

李大妈：对对，除夕是得办灯会！看花灯！

张老三：什么灯会啊，那都什么年代的事儿啦！您说的是元朝的那些事儿吧！

宋志国：(示意张老三安静)唉，这个花灯和过去不一样。(对李大妈)老伴儿，一会儿啊，咱们这条朝阳河沿岸所有的灯都会亮起来，把河面照得和白天一样亮堂！

崔雪：对，以后朝阳河晚上的灯光把整个北京城的夜晚都照亮了，咱们也是京东的一景儿！

李大妈:好啊!好啊!没想到我这个老太太还能看见朝阳村这么兴旺!(感慨)这都多亏了村委会,要不是她和乡亲们处处照顾我。

宋小杰:妈!大过节的,别说不吉利的话!您得长命百岁!咱们村以后会更兴旺!

李大妈:好好,我得长命百岁!

宋志国:(感慨)前些年啊,咱们村儿可不是这个样!那时候咱们是端着金饭碗要饭,守着聚宝盆受穷。自打这届村委会班子上来,这村子才渐渐有了精气神儿!

高雪梅:(自豪)咱们村的干部男的是好汉,女的是巾帼不让须眉!

张老三:嘚,瞧你把他们夸的,当初你可是天天和人家作对。

高雪梅:谁说的?没有的事儿!(不服气)倒是你,张老三,当初是你天天和苏书记作对,成天给他出难题!

张老三:小杰子还打过苏书记呢!

宋小杰:嗨,我那时候年幼无知呗!

白小六:哪有你这样一脸胡子的孩子!

【大家哄笑。

葛大爷:这些年,咱们村不仅马路宽了,钱包鼓了,名气响了,这村风村貌也是焕然一新,老百姓越来越有奔头和希望。

宋志国：咱们村旧貌换新颜，今天是个好日子，我得好好夸夸咱们村干部！唉，苏书记呢？

张老三：（四下寻找）半天没看见，好像没在这儿！

李大妈：是啊，老书记连顺呢？也没看见他呀。

高雪梅：是啊，他们跑哪儿了？何琪主任也没来。

崔雪：甭说，他们准是又忙工作呢！

李大妈：（由衷地）快叫他们来！

白小六：叫他们来！一起看村晚啦！

众人：（呼唤）苏书记！连书记！何主任——（众人渐隐）

【一轮皎洁的圆月。
【汩汩的流水声。
【苏超、何琪、连顺三人站在村口的石碑前，看着夜幕下焕然一新、商铺鳞次栉比的村落，灯光闪闪。他们三个虽然都在村口，却在各自的时空说着心里话。

苏超：老潘，我们几个来看看你。今晚的朝阳河边真安静。我可有些日子没这么安安静静地看看朝阳村了。记得我刚回来的时候，朝阳村可不是现在这么干净整洁、繁荣兴旺，处处透着文化气息。当初看着这座快坍塌的石桥,破败的村子里低矮的小平房,尘土飞扬的羊肠小路,我这心里真是说不出的滋味。那时候,朝阳河的水也没有这么清澈,漂满垃圾的灰黑色河水,泛着一阵阵的臭气,我心里真是七上八下。当时,我真想一扭头就走,我没有信心在这么一个村里工作,可是,我是一个军人,是个党员,更是朝阳村的一分子。我有责任把自己的家乡建设好。我相信,朝阳村不会一直穷下去,我们有手有脚有头脑,人只要想过好日子,日子一定会越过越好!

连顺:几十年的时间就这么过来了,现在朝阳村已经成为京东第一村。村里从发展石材产业到转型成文化创意产业,村民多数都有了工作,邻里矛盾也少了。朝阳村真是越来越好,我呀也老了,这老思想不能适应新形势啦,长江后浪推前浪,咱得把位子让给年轻人,优秀的大学生村官崔雪,接了我的班,何琪也当了村主任,朝阳村的未来需要年轻人。

何琪:朝阳村建成了北京最大的湿地公园,昔日脏乱差的小村庄不见踪影,取而代之的是一个生机勃勃的现代化社区!百姓生活富裕,率先实现小康,文体活动丰富多彩,一派祥和的景象。我还很年轻,还有很多地方需要跟前辈学习,跟乡亲们请教,感谢父老乡亲的信任,我们会尽自己所能,和大家一起,把咱们朝阳村建设得更美更好!

【众人呼唤的声音传来。

【三位干部回到开灯仪式会场。

崔雪:苏书记,你们怎么才来呀!大伙等着你们哪!

苏超:(笑)对不起,我来晚啦。

张老三:没你们不热闹啊。

葛大爷:我们等着你点灯呢!

宋小杰:给我们说几句吧!

村民们:是啊!说几句吧!

苏超:(拿出随身的笔记本)乡亲们,多年前朝阳村是个贫穷的"三无村",可现在已经是远近闻名的"发展有后劲、人人有事干、生活有乐趣"的"三有村"、富裕村、文化村。我们村是北京最美的乡村、全国民主法制示范村、全国绿色小康村!我们在新农村建设、旧村改造的道路上,走在了前面。咱们现在的日子过得比城里人还滋润!我们真的是赶上了好时候,赶上了好政策,才能在社会主义新农村的道路上策马扬鞭,风生水起!前面的路还很长,只要我们响应党和国家的号召,我相信,我们会昂首阔步走向朝阳村更加灿烂的未来,我们的明天将是一幅更加光明辉煌的画卷!

何琪:我宣布,朝阳村第一届春晚,现在开始!

【在村民期待的眼光中,何琪按下了按钮。

【音乐起。

【朝阳河畔顿时灯火辉煌,万家灯火点亮了北京东部的夜空,喜悦的笑容挂在每一个人的脸上。

【大家欣赏着万家灯火。

【众位村干部站在高处,眺望远方。

苏超:党啊党,我是您最普通最平凡的孩子!今天,在这灯火辉煌的朝阳河畔,让我和您说说心里话吧!我18岁参军,20岁入党,亲眼见证了社会主义新农村的建设和发展,我们的国家走到今天太不容易了,我们的村子走到今天也太不容易了。很多次,夜深人静的时候,我经常感觉要坚持不住了,我太累了,但我一想到您对我的信任,群众对我的信任,我就深感自己肩上的责任重大,我要用自己柔弱的肩膀扛起这副重担。我相信,所有的委屈和付出都是值得的,在您的坚强领导下,多少好政策向农村倾斜,多少好点子点亮了原本迷茫的前路。我有坚定的信心,只要听党话,跟党走,以更高的标准严格要求自己,我相信前方还有更加绚丽的生活在等待我们!这就是我,一个共产党员,一个基层干部最想对您说的话。为了祖国的繁荣昌盛,为了人民的幸福安康,我无怨无悔。有我们这些党员在,就会让您的旗帜在人民心中,永远飘扬!

【音乐强。
【朝阳水静静流淌,满天璀璨的繁星倒映在水面上,天上地下一片银色的光华。
【落幕。

【剧本】

老白小白

Old Bai & Young Bai

苑彬 著

一

【灯光打给舞台上的白长林。白长林身上缠着绳子。

白长林:我现在在北三环的17楼,从楼顶上看出去,根本看不到北四环。云雾缥缈,像仙境似的,但是你别出门,外头是一股硫黄味儿。北京的空气变成这样,是赖内蒙古草原上的植被被砍了,还是赖燃烧的汽油不达标?怎么说的都有,还有人说,是美国人放的毒气。

老白:这还真没准,我有点儿信。

白长林:您怎么上来了?我正准备跳呢。

老白:看你的绳子系紧没有。

白长林:结实着呢,您到下头等我吧,您在上边我不敢跳。

老白：我在下边不敢看。

白长林：没让您看，您回家等我去。

老白：要不算了，今天别跳了，回去上班吧。

白长林：这么多人陪着，准备工作都做好了，不跳对不起人家。

老白：我不是担心嘛！

白长林：别担心，我刚问完导演，替身全给上保险了，而且人家答应，跳一次给500元，这算高的了。

老白：500元！

白长林：可不是嘛！

老白：那也不行，别拿这点钱糊弄我！你小子长出息了是吧，敢玩命了是吧？这是多高，17楼！底下破箱子破垫子经得住吗？就算经得住，你要是跳歪了呢？路边上都是沥青！你糊那上头，肉渣子几个月都刷不干净！就算跳不歪，中间还有高压线，见棱见角的阳台护栏，你挂那上头怎么办？别跟我说钱，把绳摘了，回家！

白长林：说发脾气就发脾气，我爸就是这么一人，前头那句还没事呢，后头那句就跟你翻车——您是不是又喝酒了？

老白：放屁！

【老白从兜里摸出一瓶酒，头一歪，坐下睡了。

【灯光缓和,回到过去。

二

白长林:他要不喝酒,说话说不了这么利索。(解下绳子,换上中学校服)从我记事起,我爸就这样,一嘴脏话,不讲道理。也难怪,他的工友都这样。他在铸造厂当取样工,每天的工作就是负责给钢水取样,在炉前各工种里体力最累,工资也拿得最低,还不如摇炉工和测温工。不过,我就打算接他的班了。

老白:不行,你得考大学!

白长林:我考不上大学,念书没劲。

老白:你得当干部!

白长林:厂里的子弟不都是接班吗?再说,当干部和当工人,都是为人民服务。刘少奇握着时传祥的手曾说,你当清洁工,是人民的勤务员;我当主席,也是人民的勤务员。这是我们小学政治老师讲的。

【老白喝下一口酒。

老白:我年轻的时候也听过这个故事。可人家时传祥,那时已经是粪业工人工会的委员了,委员就是干部,你是什么?你的岗位是学生,学好了吗?宁愿一人脏,换来万人净,人家舍弃自己的利益,在岗位上做出了成绩,你出成绩了吗?你是想宁愿一人考不上,换来万人考得上是吗?你做不到,因为你爱考不考,没为别人奉献什么,你这不叫觉悟,叫胸无大志,叫强词夺理!

白长林:您说来说去,我也不愿意考大学。

老白:为什么?

白长林:就是不愿意。

老白:不愿意也得考,没听电视上说吗?以后是计算机的世界,证券的海洋,懂吗?你考上了,我也有脸,出去好说……

白长林:说你儿子是大学生是吧?我就是不愿意让你得到心理满足。

老白:你跟我有仇是不是?

白长林:我跟小市民有仇。从小我就看见你把单位食堂的鸡蛋和烧饼拿家里来,还有破木板子破铁棍子,全塞床底下了,在同学面前我没钱,回到家我觉得没脸。每次拿回点儿东西来你就高兴,我就不愿意让你高兴。

老白:不愿意让我高兴,那你就滚蛋。我就是偷偷摸摸把你养大的,我没觉得丢人。

白长林:我丢人,我早晚离开这儿!

老白:对,离开小市民,滚蛋!

白长林:高中毕业我就走,我还不接你的班了。

老白:有能耐你考大学,考到外地去,痛痛快快地滚蛋!

白长林:考就考,你别以为我考不上!

【白长林扔下校服。

【老白隐去。

白长林:现在想起来,我好像是中了我爸的计了。没想到我真考上大学了。我考到天津去了,是个两年的大专,学金融。不知道谁说的,六十年代上山,八十年代下海,九十年代学金融。入学第一年,也就是1997年,亚洲爆发了金融危机,泰国宣布泰铢与美元脱钩,实行浮动汇率制度,结果泰铢狂跌,紧随其后的是菲律宾比索狂跌,台币贬值,日元贬值,韩国、新加坡、马来西亚和中国香港的股市像滑雪似的一路直下。我才不管它呢,我抱着收音机,躺在宿舍里听相声和流行歌曲,反正不包分配了,去哪儿工作不都一样。人家有关系有门路的,都提前帮着孩子联系接收单位,我不愿意我爸插手我的事,再说他认识谁?除了管他要生活费,别的我也不跟他说。他哼哼唧唧干了一辈子,根本不知道按自己的想法活着。理想的生活,就应该慵懒一点,洒脱一点。

【音乐奏出《潇洒走一回》。

【白长林跟着哼起来。

白长林:就是这首歌。那天我在宿舍躺着,一个阴影从天而降,垂直落到楼下的路面上。(去看尸体)血渌渌的,肉都碎了,从裤腿中露出来,流进沥青的蜂窝里。我认出来了,这是我同学的父亲,在银行信贷部工作,听说去年炒日元一夜之间输成了光棍,之后又听说他利用职务之便违法发放贷款,检察院正找他呢。这位叔叔潇洒走了一回,我爸也潇洒走了一回,而且,他还成为厂里的风流人物了。

【厂办科长出现。

科长:老白,知道现在的流行语是什么吗?

老白:我看厂子里的横幅上贴着呢,海阔天空展伸手,下岗工人最风流!

科长:对,全国已经陆续有几百万人下岗了,这次找你来,也是谈这个问题,下岗还是买断,你挑一个。

老白:有什么区别?

科长:差不多,理论上讲,都属于富余劳动力。

老白:干这么些年我成富余了。得,响应号召,为国家分忧,为厂里解难,我买了。

科长:买了好,给你,两万。

老白:对了,"海阔天空展伸手,下岗工人最风流"那句话是谁说的?

科长:科长说的,当然不是我这个科长,是宣传科长说的。好听吗?

老白:不仅好听,还很鼓舞。

科长:他可不敢当风流人物,人家去组织部了。

【隐去。

白长林:我爸把钱拿回家,买了两瓶好酒,两天后又回到厂里,可人家不让他进了,说买断就是和厂里没关系了。我爸觉得自己上了当,和人大吵一架,他心里憋屈,连气带急,在回家路上就把两瓶酒干光了。从那之后,风流人物天天在家喝酒。

老白:这回钱没落下,脸也没了,我在家天天找地缝钻呢。我这辈子算完了,儿子,你得活得像个人样儿!

白长林: 什么叫人样儿?

老白:那两万块钱,我存了一万,算上买酒花了一千,还剩九千,我全买了化妆品和干粉胶囊了。我还去听了几次课,人家说这些东西卖不出去还给退呢。

白长林:你可别干传销。

老白:我不是急嘛!这个不用忙活、数数人头就能赚,就说我傻,那些工友不傻吧,你张叔叔不傻吧,他买了六万块钱的呢!

白长林:你随便吧,我没生活费了,抓紧给我打500元吧。

老白:等我把那些干粉胶囊卖出去,别说500,5000都不止。这些干粉胶囊现在就是我的宝贝,都在窗口通风的地方搁着呢,我告诉你,我每天要看两遍天气预报,先看地方台的,再看一遍中央台的。为看天气预报,我天天都看新闻联播。喂!喂!

白长林:在一个晴朗的黄昏,电视机里出现了打击非法传销的新闻。我爸给吓着了,赶紧给工友打电话。

老白:老张!

【工友老张出现。

老张:我正看新闻呢。

老白:咱还来得及退吗?

老张:上线卷包跑了,我的六万块钱哪!

老白:你怎么还吧唧嘴?吃什么呢吃这么香?你还能吃得下去?

老张:我喝粥呢,粥里泡的都是干粉胶囊,都吃喽!

老白:(嘟囔)这回又他妈完了。

【老张隐去。

白长林:从那以后,我爸酒量见长,肚里能容下一斤酒了。这还是劣质酒的酒量,要是好酒,不知道能喝多少。大学毕业,我回到了北京,在一家电视台下属公司工作,卖录像带。

老白:电视台好啊,发劳保,经常发洗发水和消毒液。

白长林:还那么小市民。单位给我配的BP机,整天就你呼我,一问就是单位发没发东西,您眼睛里就没点别的?

老白:别的也没有,反正我就指望你了。

白长林：我还不知道指望谁呢。跟您说一声，我打算搬单位住去。

老白：干吗，嫌我烦？

白长林：我怕我招你烦。

老白：行，狼崽子喂不大，有能耐你就别回来。

白长林：不让我回来是吧？有事你也别找我！你看这家让你弄成什么样了，你自己没本事下岗，还把钱挥霍了，有本事你继续从单位拿鸡蛋回来，你去干传销做你的发财梦啊！我妈要是活着，都得后悔嫁给你这个臭工人！

老白：我撕烂你这张嘴，我就是臭工人怎么了？

白长林：要钱不要脸，我丢人！

老白：滚蛋！滚蛋！

【急促的音乐。骤停。

【白长林下。

三

【老白喝下口酒。

老白：别跟我来这套！我懒得跟你置气。狗脸！（迷迷糊糊看见了什么）我还是和你说说话吧，我能看见你，看见绿房子，那是家国营饭馆。你在"冷荤"窗口，里头有一盆酱豆腐和黄豆拌的咸菜丝，还有油汪汪的猪头肉。你个子真高，你对我笑了。咱们欢天喜地地赢来了一个新生命,这孩子体弱多病,让你操碎了心。你跟我说,小孩要多吃鸡蛋,才能长得结实。你用攒下来的粮票偷偷从饭馆换回鸡蛋,咕嘟咕嘟煮成鸡蛋羹,还把小米粥熬得特别稠,顺着锅边把浮在表面的米油盛在碗里,端到咱儿子嘴边。他吃奶吃到两岁呀!你来车间找我,车间里到处是焊条打出来的火星,同事的孩子目不转睛地盯着看,呛伤了眼睛,你二话不说,找来件工作服盖住上身,挤出奶水滴进孩子的眼睛,保住了他的视力……这些事,我一喝酒就能瞧见,我还瞧见你来到了我身后,你说你胸口疼,医生说这叫心肌供血不足,装个金属支架要一万,按当时来说,挣十年也挣不出一万,我就替你做主,选择了保守治疗。那年夏天,咱俩把该说的话全说了。你说,老白,把咱家粮票换成全国粮票吧……你说,老白,我要是公费医疗就好了,能百分之百报销……老白,你别什么事都瞎掺和,你太傻也太鲁了……你说,老白,我不舍得走,咱儿子才六岁呀……你说,我疼,我疼……

【老白隐去。

四

白长林:我和他从来没聊过关于女人的话题,他人生这么失败,肯定也不懂女人。很长一段时间,我宁可在路边待着抽烟,也不想回家。

【女人出现。

女人:(唱)我想要有个家,一个不需要华丽的地方……

白长林:(看上去有些感动和迷恋,忍不住和她一起唱起来,唱毕)您家有录像机吗?

女人:有。

白长林:(望着女人)那您买录像带吗?我们这儿N制式和P制式的都有。

女人:我想问你,电视台门口那两块宣传栏是你画的?

白长林:对。我一个月750元,又卖录像带又画宣传栏。

女人:画得挺好,你是中央美术学院毕业的?

白长林:不是。

女人:鲁迅美术学院?

白长林:不是。

女人:那是天津美术学院毕业的吧!

白长林:离得不远。

【女人笑了。

白长林:她的笑容很迷人,我爱上她了。后来我知道她是播出部的,比我大四岁,但我不在乎。我天天和她见面,好像过了一个世纪。庆祝新千年来临的夜晚,外面远处的人潮开始倒计时数数,我俩就在办公室里聊天。她还带了瓶红酒。

【女人款步姗姗地走来。

白长林:我暗自数着自己狂乱的心跳,扑通,扑通,扑通通……她把我推到椅子上。

【女人把白长林推在椅子上。

白长林:我害怕极了。她看着我手足无措的样子,说了声"对不起",又把我拉起来,我遗憾极了。她转过身,关掉了灯……她把我从男孩变成了男人,我要娶她。我宣布,我要娶她!

女人:你有病啊!

【白长林蒙了。

女人:这也怪我,我应该提前和你说清楚,咱俩要的东西一样才行。

白长林:你不是想要一个家吗?

女人:我那是练歌呢,你真有病!

【女人隐去。

白长林:我想了一个晚上,没明白"一样的东西"究竟是什么。我想得快要死了,也哭得快要死了。我发誓再也不找女人了,她们太危险,太冷漠。我回家了,再也没去过电视台,那里能要我的命。我怪我自己,中学时没理想,大学时没规划,工作后没脑子。当工人这条路走不通了,我爸就是个反面教材。这两年报纸上老有互联网公司在国外上市圈钱的的新闻,我要在这个世界里畅游一下。在新时代追求新兴职业,做第二份工作——网络评论员!

【音乐铿锵。

白长林:坐在电脑前,听着歌,干着活,应该是比较理想的生活,慵懒一点,洒脱一点。我买了个假证,本科的。我练五笔字型,背字根,王旁青头戋(兼)五一,土士二干十寸雨……我看书,哗啦,哗啦……我的工作就是把握价值取向,将观点引到主流价值观上。比如那时候,中国加入WTO,网上有很多声音,赞同的,说好的,我们支持;老是盯着差距的,就要引导。为了寻找主流价值,我订报纸,《日报》《午报》《晚报》《月报》,我还记笔记,写心得。我们发了教材,《你该怎么看》《你该怎么办》《你该怎么写》《你该怎么删》,简称"你该"系列——前辈,我听说,咱们在网上批评人还给钱呢!

【前辈同事出现。

前辈:批评一次给三毛,要是批评出道理,给五毛。

白长林:我一定要认真读书!我去图书馆办阅读证,我去书店买书,买一捆。我怎么越读越觉得心慌呢?书上说得和我订的报纸不一样,我甚至怀疑这份工作了。

前辈:你读错书了。尤其是外国书,不能瞎读。

白长林:这就是问题的根源。我请了几天假,把《你该怎么看》《你该怎么办》《你该怎么写》《你该怎么删》这几本"你该"系列背下来。可我越背,越糊涂,心思越乱。到底哪上头说的是真的?一出门,街上人怎么全戴着口罩呢?北京到处是熏醋的味儿,医院门口拉着隔离带,楼门口贴着封条——前辈,咱们公司的人呢?

前辈:他们去广东谈判,吃了果子狸,回来就住院了。

白长林:什么病?

前辈:传染性非典型肺炎。你没看北京马路上都没人了吗?

白长林:何止路上,北京人就没这么老实过。哦,对了,那他们去广东谈判,结果怎么样?听说是去谈风险投资的?

前辈:广东的谈判代表吃果子狸已经吃死了。其实咱们公司一直是靠泡沫维持,咱们没钱了,要倒闭了!

白长林:倒闭!听到这话我怎么没难过,心情还豁然明朗了——前辈,你的证是真的吗?

前辈:当然是真的!

白长林:难怪人家的见识比我高,他的证是货真价实学的,我的证是过街天桥上办的。

前辈:我学医的,加情报学双学士。还以为互联网有前途呢,进来就遇上泡沫了。算了,咱们各奔前程,重新找工作吧。

【前辈隐去。

【白长林把教材扔了。

白长林:我又回家了。我爸居然没骂我——您又折腾什么呢?我前几天在屋里背书,就听见叮叮当当的声,那些破铁棍子破木板子,干吗都从床底下鼓捣出来?

老白:我琢磨干点什么。

白长林:您能干什么?

老白:我手巧,以前给你妈做过衣服,我还编过篮子,你忘了?你小时候的衣服,都是我改的。

白长林:是,您光改长短,女裤兜全在侧面,这个您不改,同学整天笑话我。跟您说,我又失业了,咱爷俩没吃的了。

老白:我知道,所以你看!

白长林:三轮车?

老白:我做的,把原来自行车加个轱辘,用铁棍子重新做了车架,拿木板搭了个车棚。

白长林:您要干吗?

老白:从地铁到火车站,送一趟人能挣两块,行李多就要三块。到了火车站,再拉个去地铁的,又是两块或三块。

白长林:您就不觉得丢人?

老白:丢,脸上臊得慌,可我丢了,你就不用丢了,你在家看书吧。

白长林:我不看书。

老白:那你看看这个。

白长林:(接过一张报纸,念)研究生今年继续扩招政策,总规模拟安排三十三万人,比2003年约增长百分之二十。(明白父亲的心思了)您别裹乱了,我考不上。

老白:考不上也得上,现在本科都卖肉饼了,你这个专科以后睡马路都没地方。

白长林:我不是那块料。

老白:我给你参谋过了,可以考在职研究生。

白长林:那不得花钱吗!

老白:这是前几年买断我那一万,读一年,明年那一万,我多拉几趟活就出来了。本科是一块敲门砖,过两年别说砖,连酒瓶子都不是,你没砖就没砖,直接读研究生吧。

白长林:在职的学历很多地方都不认。

老白:分哪儿,机关事业单位什么毕业证都认。

白长林:我进机关干什么?

老白:你妈要是进机关就能是公费医疗,我要进机关就不会让人蒙了那五万块钱!

白长林:什么五万块钱?

老白:前段时间闹"非典",我回厂子领消毒水,发现厂办公室主任换了,一打听才知道,这王八蛋在改制期间贪污了两百六十万,已经被判刑了,而且买断我们,按照工龄,每人能拿到七万,可他骗了我们,只给两万,剩下的全"咪"自己兜里了。这事没完,我得找他们要去,五万,一分都不能少给我。我走了,你在家看书吧。

【老白蹬上三轮车。

老白:两块一位!两块一位!少走两步路,多省一双鞋!老张!你在这儿干吗呢?

老张:我来开证明,办低保,尿毒症了。

老白:你这么胖还能是尿毒症?

老张:那年吃干粉胶囊吃的,肾小球全坏了。我要把那五万块钱要回来,就当买肾小球了。老白,你那些干粉胶囊怎么处理的?

老白:我、我、我也吃了。

五

老白:我去查了两遍尿,没发现什么问题,但是最近老流鼻血,医生说是鼻窦炎,还有,前列腺有点肥大。我连夜写了材料,包括以前孩子他妈给我存下的工资条,全找出来了。咚,咚,咚!

女孩:进来。

老白:这是我的材料。

女孩:你怎么进来的?

老白:我翻墙进来的。

女孩:腿脚还挺好。(看材料)您这事……厂里几千号人排队等着办,得一个一个来。

老白:没关系,我等。

女孩:这些都是历史遗留问题,许多当事人不在了,不大好办。

老白:我就是被历史遗留下来的,我在呢。

女孩:(想了想,又拿起材料)您看您这字写的,写半天人家看不懂,对自己的事情都不负责任,别人还能对你负责?

老白:我练。

女孩:那行,练好了再来吧。

【女孩隐去。

老白:练就练,我练好了,把你嘴堵上。

【音乐响起,老白跟着唱。

老白:(唱)红军不怕远征难,万水千山只等闲……我描红模子,写楷书,写行书,一个月写几十斤旧报纸,写完卖废品。(唱)更喜岷山千里雪,三军过后尽开颜……

老白:(唱毕)写字真痛快!愉悦身心,锻炼意志!不过白天拉活得小心点,最近管得严。火车站到地铁站这条道,我蹚得很熟,哪个小区大门几点开,哪个停车场的保安好说话,谁家遛狗不拴绳,我都记得住。包括哪有警察,哪有城管——

【城管出现。

城管:下来,下来!同一个世界同一个梦想,北京是窗口,不知道吗?

老白:我这就走。

城管:走哪去?

老白:去你家吃饭。

城管:你敢去吗?!

老白:你敢请吗?

城管:老头,别跟我贫,你要不配合,我给你找地方吃饭。

老白:别吓唬我,我现在什么都不怕,就怕没地方吃饭。我还有个儿子,要不我叫上他,你受累再添双筷子。笔借用一下。

城管:干吗?

老白:这是我电话。

城管:我要你电话干吗?!

老白:要是有地方吃饭,我等你电话。不多聊了,对过儿有活儿!

城管:我怎么摊上这么一位!

【老白隐去。

城管:唉,那个送水的,车进站了,靠边。

【城管隐去。

白长林:工作真不好找,这年头宁可失身也不能失业。我平时在一家水站送桶装水,周末去上课,读在职研究生,专业是我自己选的,叫——叫物流与供应链专业。课时少,好毕业。我每天要送出去80桶水,送得早,人家说打扰了休息,送得晚,又说耽误了使用。为挣那点儿钱,我忍了两年。我知道为什么我爸不让我当工人了,累呀!我算了算,读在职研究生,学费是一万七千八百块钱,那就相当于我爸送了八千九百回客人。他出门的时候,我发现他抽抽了,原来一米八,现在佝偻着身子,也就剩一米七五了。突然那一下,我心里有点酸了。

老白:(在写大字)拿着毕业证了?

白长林:所有课程全部通过。我明天就去找工作,我要把两年的损失夺回来!

老白:找工作不急,都快三十了,先给我找儿媳妇。(拿起在报纸上画的人形)这个怎么样?公司白领,收入8000。

白长林:我发过誓再也不找女人了。

老白:你说什么?

白长林:这个太胖。

老白:那这个呢?北京户口,转业军人。

白长林:皮肤太黑了。

老白:这个,工作稳定,小学老师。还有这个,干干净净的,医院护士。

白长林:这俩都太丑了。这些都是谁介绍的?

老白:都是铸造厂子弟,我托了一圈人找来的。

白长林:算了吧,没感觉——话虽这么说,我一看见她们,就想起电视台的那个女人,那个让我成为男人的女人。我在这些女孩身上,看不到女人的魅力,可我又很害怕这种魅力。但是一个清秀的姑娘把我解救了,她不黑不丑也不胖,像一杯清香的暖茶,但她是殡仪馆的化妆师,我一想到她细白的手,白天摸完死尸,晚上再摸我……

【白长林一个激灵。

老白:那怎么了,我看挺好!人踏实,身板也结实。

白长林:您看着好您娶走。

老白:放屁!

白长林:您以前怎么说的,不喜欢一锥子扎不出个屁的。

老白:那是什么时候,现在你什么岁数?人家没嫌你什么,你有什么可嫌人家的?要有个女的真心和你过日子,别说扎不出屁,整天放屁都成。

白长林:她那工作我受不了。

老白:多好啊,人家也是世家,她爸烧人,我烧铁,门当户对,半个同行。

白长林:那我接触接触再说吧。

六

白长林:我又试着和她见了几面。她不多言不多语,静静地跟在我身边,既有分寸又很含蓄。我们去逛动物园,去参观博物馆,在落满树叶的街道散步,在弯弯的小船上唱歌。和她在一起,我体会到一种平实的欢乐,渐渐地,我们恋爱了,手喜气洋洋地拉在一起,头也喜气洋洋地并在一处。

【音乐响起。

【我和你,you and me……永远一家人……

白长林:奥运会,中国奖牌榜第一,我也结婚了。我有一种难得的踏实和幸福感——爸,你就这件事办得好,哪天我带您去看鸟巢,你不是一直想去吗——我爸却说,小子,你的事办完了,我的事还没办呢。说完他又回屋写大字去了。有一天我走进他的屋,见他在临米芾的《致窦先生尺牍》,(念)"芾启。久违。倾仰。夏序清和。起居何如。衰年趋召。不得久留。招聘社工……"嗯?这是废报纸上的消息,招聘社工?

【主任出现。

主任:说说你对社工这个职业的看法。

你有组织文化活动的经验吗?

如果外省考察团来社区考察,你怎么接待?

当主要工作和领导交办的其他任务发生冲突时,你怎么处理?

居民来办事,领导不在,你怎么办?

白长林:我不慌不忙,一一对答。书没白读,我通过笔试了,我参加面试了!如今社会上抢着当公务员,最热门的职位能达到四千比一,没几年的时间,寻找新兴职业的时代过去了,选择又轮回到了中国人最古老的追求。社工虽然不是公务员,但毕竟能摸到体制内的小手,待遇也不差,将来考公务员能优先,外地大学毕业生还给落户口。知识和权力,还得结合呀!——主任,请问咱们街道一共多少个科室?

主任:说不准,反正你面试的时候,考官有组织科的、宣传科的,还有信访科、财政科、民政科、经济发展科、住房保障科、文教卫体科……

白长林:就差外交科了。

主任:那可不行,小白,别拿这事开玩笑。

白长林:我就是随便说说。

【主任转过头去。

白长林:我不敢瞎说了,谨言慎行。我早来晚走,擦地打水,处处给人留下勤劳的印象。什么零碎活我都没落下,什么琐细的差事我都能干。时间不久,领导带着我出去吃饭了,我会喝酒了,正喝倒打,站着碰、坐倒喝,屁股一抬,重新再来,宁冒一圈,不冒一家,我全懂啦。

主任:懂了?

白长林:懂啦。

主任:懂了写材料去。

白长林:我会写,领导讲话、会议发言、部门总结,我都会写。

主任:不是那些,市里正搞"十佳孝心好儿媳"表彰大会呢,咱们街道有个典型,你去采采。

白长林:不是小甲和小丁去了吗?

主任:市里全给退回来了,还批评了咱们。

白长林:我知道你说的那个典型,是个53岁的寡妇,是吧?她独自一人照顾有病的婆婆,而老太太的子女从来不管,她的两个儿子和两个女儿,现在又都想把老太太抢走,因为他们听说老太太家的房子要拆,能补偿300万拆迁款。老太太把儿女告上法庭,脱离了关系,选择和儿媳一起生活,还要把300万拆迁款都赠予儿媳妇。可她的儿媳妇一分钱不要。

主任:就是她。小甲写的,侧重这位大嫂面对小叔子和小姑子时的无奈与辛酸;小丁写的,侧重大嫂坚决不要这三百万拆迁款。但市里说,这两篇稿子,一篇暴露出家庭矛盾如此之深,一篇暴露出拆迁工作如此之大手笔,家庭矛盾说明没有亲情道德滑坡,三百万说明 GDP 是拆出来的,说咱们不是写典型事迹,是写申诉信呢,让咱们重写!

白长林:我重写了,我把她的事迹和国家大事、当前热点与个人梦想联系起来,我写她陪着婆婆去看奥运会,圆强国梦和个人梦,不仅孝顺了婆婆,作为祖国儿女,支持奥运会,对国家也是孝顺啊。这个点抓得怎么样?

主任:市里说好!说你这篇叫才子文章。要是像小甲和小丁写的,出去宣讲,底下坐的都是老头老太太,说那么多家庭矛盾,人家都当笑话看了,要是再说那三百万拆迁款,台下的又都该不平衡了。你这篇文章,以小见大,该有的都有。小白,祝贺你,区里打算把你借调走,这可是个机遇,你现在走到区里,以后走到市里,再之后……前途无量!

白长林:那我去区里上班了?我真去区里上班了!爸,爸,我能去区里的食堂吃饭啦!

老白:晚上买个葱爆羊肉,咱们弄二两!

【音乐欢快。

【老白和白长林坐到一处。

老白:读书,当干部,看来都能实现,有戏!

白长林:我有稳定工作了,您以后别出去拉黑活了。

老白:不拉了,你到区里上班,让人看见不好。

白长林:我不是那意思,是不想让您累着。

老白:我知道,我也得干我自己的事了。

白长林:还为那五万块钱?

老白:我们几个老上访,在厂里都挂号儿了。现在大门口都装了摄像头,但越这样,越得把钱要回来!

白长林:算了,咱不跟别人比什么,您这岁数,就比谁活得长吧。

老白:我活得长管什么用,真金白银,到手才行。我给你算算。你媳妇怀孕了,知道生个孩子得花多少钱吗?孕期检查和做 B 超,少说要一千五百块钱;买营养品和水果,要四千;得买两件防辐射服吧,加上孕妇装,用去两千;商场里一个奶瓶卖八十元,起码得买五个;普通妇产医院顺产差不多三千,你说你媳妇做过阑尾炎手术,那肯定得剖,剖就得一万。这就小两万啦!生出来后孩子打各种疫苗,又要三千五;吃鱼肝油一个月吃一百;尿不湿一个月两百;国产奶粉少吃,听说能得肾结石,那就吃外国的,就算外国的也少吃,一个月也要一千,吃十个月就一万二。这还没算小孩的衣服和玩具呢,还没算感冒发烧去医院呢,还没算上幼儿园的赞助费和托管费呢……我那五万块钱就是要回来,也支撑不到第三代上幼儿园。

白长林:所以咱顺其自然吧。

老白:所以咱就必须要。咱们是一个钉子一个钉子省下来的,五万说不给就不给,门都没有!

白长林:那人家现在不是不让你进了嘛!

老白:我有办法。对了,你跟我说说,区里的食堂都吃什么?

白长林:吃得好,热冷素荤,还有国家补助。

老白:甭管活好干不好干,冲这顿饭就值。

白长林:就说早晨吧,咸菜有腌的疙瘩丝,有拌的白菜丝,有时还有萝卜和海带丝;蛋有煮鸡蛋,还有咸鸭蛋;粥有小米的,大米的,玉米的,周一有豆浆,周三是豆腐脑,周四是馄饨;主食最受欢迎的是炸油饼,包子和鸡蛋饼也是天天都有,星期二有菜饺子,星期三是肉夹馍,星期五是糖花卷。

老白:这顿早晨在外头,少说要你二三十。

白长林:我觉得,这应该是比较理想的生活了,工作不累,吃得还好,接近"慵懒一点,洒脱一点"了。而且,午饭后还有一些水果,苹果、香蕉、梨、橙子,换着花样,说是这样利于改善中国人的酸性体质。我琢磨着,我家里还有两个中国人呢,他们可不是天天能吃上水果,想到这儿,所以我天天都把那个水果拿回家来——今天是苹果,给你,爸。

老白:拿给你媳妇吃吧,她现在不是一个人吃,肚里还一个呢。

白长林:爸,我怎么觉得,我越来越像你了。

老白:废话,你想像谁?

白长林:我是说,拿水果这件事。

老白:对了,现在知道不知道,怀的是男孩女孩?

白长林:医院有规定,不让说。爸,我现在很知足,她从认识我,就没提过什么过分的要求。没车没房,也照样跟了我。我现在一点都不忌讳在单位跟别人说她的职业,给死人化妆,怎么了,一般人干得了吗?

老白:你想没想过以后让你孩子干什么?

白长林:要是女孩,还让她去殡仪馆工作,社会到什么时候,都得死人。人死就要走得体面,就要化妆。这职业好!

老白:要是男孩呢?

白长林:男孩就累了,他得念书考大学,得找个好工作呀!

【白长林突然陷入沉思。

老白:你怎么了,要不要再来二两?再来个过油肉拌面?

白长林:刚才那些话,不都是以前您对我说的吗?看来小市民也遗传。

七

【老白上,做翻墙状。

【警卫把他拽下来。

老白:干吗呀,我锻炼身体呢。

警卫:有翻墙锻炼的吗?厂里这两天开干部考评会,凡不在职的、上访的,都不让进,就怕你们捣乱。

老白:小子,你睁眼瞧瞧。眼睛睁得开吗?你小子当年要不是我媳妇的奶,眼睛就瞎了,现在人五人六的,当初把奶滴进你眼里的时候,你怎么不说不让进?

警卫:叔,您在厂里都挂了号,我上午让您进去,下午就得把这身衣服脱了,您儿子是调区里去了,我呢,解放前我爷爷在小火车上运钢,大炼钢铁我爸守着炉子出钢,改革开放我哥在仪器前验钢,现在全下来了,就指着我这点儿工资呢。小时候的事我没忘,谢谢您,这次您只当再疼我一回。您明天来吧,明天不是我的班儿。

老白:我知道你为难,我今天是来送锦旗的。

【音乐响起来。

老白:当当当,咚咚咚,当当当,咚咚咚……能进去了吧?

女孩:快请进,我来接锦旗。我看看写的什么,"何以解忧,唯有小刘",什么意思?

老白:这是送你的。我练好字了,材料,还有我静脉曲张和前列腺的片子。

女孩:别这么客气,您的事还没办呢。

老白:事办完锦旗就是你的啦!早送晚送都一样。

女孩:不一样。因为谁说得准能不能办成呢,今天您来要五万,明天他来要十万,光给你们追债,别的事还干不干了?您放心吧,等政策下来,上头说给,我们一分也不会差您的。

老白:说句不好听的,姑娘,政策能下来吗?那位当头的进去了,现在当头的是想办还是想捂着,我可看不透。

女孩:真不明白,从您这儿拿的时候您不反对,现在又来要,您这觉悟还不如我呢。

老白:姑娘,不是拿,是偷。我觉悟当然不如你。你知道钢炉多少度吗?一千六百多,半个小时出一炉钢水,我那鼻炎就是这么烤出来的,静脉曲张就是这么站出来的,前几年有人管过我吗?我见天出去蹬三轮,蹬出个前列腺肥大,我没靠觉悟活着,靠的是把自己当牛,靠的是不把自己的身体当身体!

女孩:您跟我说前列腺干吗?我又不知道肥大不肥大!材料留下,锦旗拿走,上头说办我就办,不办我也没辙。

老白:小姑娘把我的材料和片子放进柜子,我看见那里头落满了土,材料堆成几座小山。从开始的几千人到后来的几万人,风流人物都在里面。我们都成了废弃的炉渣。炉渣又怎么了?炉渣的熔化温度不比钢水低!这些年的坎都过来了,以后一样过得去。不仅自己过得去,儿子儿媳妇,还有刚闯进这个世界的孩子,都能过得去!所以,我不能走,我得回去!

女孩:你怎么回来了?

老白:(换了一副笑脸)刚才我错了,我不该和你说前列腺,这又不是你弄的。我理解你的工作,可我这事老听不见响,这个响听不见,我不闹了,让我听见别的响也成。

女孩:你想听什么响?

老白:厂里不是招交通协管员嘛,你给说说吧。我这是为厂里想,咱们厂当初背了那么多下岗指标,现在再就业指标又来了,我上个岗,厂里的包袱又少一个。

女孩:再就业率和维护稳定工作也是我们的职责。

但您更方便在厂里走动了,不会又出什么幺蛾子吧?

老白:我保证不闹了。

女孩:真不闹了?

老白:不闹了。上头流鼻血,下头静脉曲张,中间肥大,闹不动了。

女孩:您别老说肥大了成吗?真受不了!

白长林:就这样,我爸以一副涎皮赖脸的姿态换来一份新工作。

【一声哨响。

【老白手持荧光棒,嘴里叼着哨,肩头插上对讲机。

老白:倒倒到!走走走!前门前门,一辆无牌奥迪向你驶去,他没有缴费,他没有缴费!

白长林:厂里每个月给他开六百块钱。他买了辆银色的二手自行车,车座子宽,这样骑的时候,就不感觉硌了。可是,他怕被以前的工友看见。那些人老远就讥笑他,说,老白,你是不是加入护厂队了?你助纣为虐!老白,你没骨气!老白,你还有点节操吗?

老白:我就怕听见这种声音。我比他们委屈!可老话说,养家不置气,置气不养家,600块钱,够买两罐半进口奶粉了。大孙女7斤2两,她妈妈出奶少,两个星期就得费三罐奶粉。这钱省不下去!省不下去怎么办?没别的,挣!在别人眼皮子底下挣!晚上在屋里,孩子一哭,我就跑出去。(一把抱过孩子)是不是尿了?是不是饿了?是不是凉着了?是不是你们招她了?我可不允许有什么闪失。有闪失,你们对得起我吗?对得起我挣的这600块钱吗?

　　白长林:我爸跟我嚷嚷,我什么也不反驳。我能做的,就是别把他再招哭了。

　　老白:小丫头长得像她奶奶,这孩子在这时候来,就是跟白家有缘,他爸三十岁,他爷爷六十岁,正好是个轮回。可把这孩子养大,得花多少钱啊!我们这辈人,跟母鸡下蛋似的,一窝一窝生出来,五个八个有的是,没床睡箱子,没房搭棚子,吃大白菜棒子面粥,虽说艰难,都长起来了,现在怎么感觉像要命似的?小丫头片子,你不会真要你爷爷的命吧?咱俩刚见面,可没什么仇。

　　白长林:爸,我俩都有工作,您没必要为这几个钱发愁了。

　　老白:小丫头片子,你听着,厂里欠我五万,现在一个月给我六百,一年七千二,我干七年不就回来了!如果在这期间,厂里把我的事给办了,再给我五万,那就是十万了……

　　【老白头扎下去,睡着了。

　　白长林:我从小就不喜欢他把钱像做数学题一样解来解去,但是此时此刻,我全明白了。

八

老白:我又看见绿皮房子了,还有酱豆腐和黄豆拌的咸菜丝,你仍然是三十来岁的摸样,怀里有个愣头小子,正拼命用小嘴围住你高高的奶头,呼噜呼噜地吃呢。这是咱儿子。你在他脑门上亲了一下,用毛巾擦掉他嘴角流出来的奶。你看见我了吧?你把孩子抱得更紧了,你对我说,老白,我走了,就要辛苦你把儿子带大了。你说你放心不下,这孩子软,身体差,别的不求,就想让他平平安安长大,娶妻生子。你说,别让他像我似的当工人,找个踏实活干,太累了,你心疼。放心吧,咱儿子娶了媳妇,生了孩子,都好着呢!

【一束光萦绕着老白,老白追逐着这束光。

老白:你踏实着走吧,我想尽一切办法让他们过上舒坦日子,我就是死了,也不能让他们凑合!可是我真累呀,我也不知道怎么这么累!

【老白在光束萦绕中下。

九

白长林:还有一些事,我也想明白了。比如吃饭这件事。小时候我就觉得,我爸一天好像就没别的事,刚吃完早饭,就琢磨午饭吃什么,午饭的碗筷还没放下,又嘀嘀咕咕念叨晚饭。现在我也是这样。要是晚上炒菜放肉,早晨上班前就把冷冻室里的肉提前拿出来化上,下班一分钟也不耽误,夹着包回家,掐着点儿做饭。媳妇有时上夜班,得吃完赶紧走,我爸从厂子里指挥交通回来,要吃上口热的,我要把这一来一走的时间算好,让走的先吃,等回来的进门,刚好第二个菜上桌,谁也不耽误。我知道当爸是干什么的了,就是管一家人吃饭的。

【秘书长出现。

秘书长:吃饭,吃饭!小白,吃完饭你到我办公室来一趟。

白长林:我和区里的秘书们共用一个办公室。他们整天写材料,秘书长找我,不知道是不是让我也写材料。说实话我真不喜欢这些虚头巴脑的事。咚咚咚!

秘书长:来。小白,咱们承担了一项新工作,每月要把区里的大事汇总记录,为全年工作留下资料,同时给档案局存档。这项工作很重要呢。

白长林:有多重要?

秘书长:很重要。你要把一把手领导出席的活动、会议、调研、检查,包括上级领导来我区的视察情况,全都记录下来。主要领导职务要写全,名字不许出错,陪同领导也不能落下。

白长林:我最害怕领导职务和名称,出事可是大错——秘书长,这个我缺乏经验呀。

秘书长:年轻人就要挑担子,谁不是干出来的?我从基建兵干到现在,都是勇挑重担。我看过你的简历,搞过宣传栏,做过评论员,你错不了。

白长林:这可真是个重担。

秘书长:给你,名单。我在这上面写清了所有领导的职务,名字前面还编了号。

白长林:1,2,3,4,5……二十多个呢!

秘书长:21号以后就可以不上了,后面是不驻会的领导。

白长林:我拿着这份名单动手干了起来。调研我跟着去,会议也一个不落地参加,为防止遗漏,我拿着相机咔嚓咔嚓对每个桌签和坐在桌签后面的人进行拍照,回来再与同事核实照片上的人名。我把这项工作做得熠熠生辉,哪天区里有什么活动,地点在哪儿,几点开始,哪位领导参加,做了什么重要讲话,不熟悉的同事都来问我。但是除了工作,我不太愿意和他们聊别的,有人跟我透露过一些内幕,谁是靠着关系走了个形式招进来的,谁是哪位领导的亲戚,我可怕说错了话,不定得罪谁。索性,当哑巴得了。但我这嘴,憋不住话,回到家,等丫头睡着了,我就把一天的事说给我媳妇听。我媳妇嘴更快,也想把她的事跟我说,张嘴就是——

有个从桥上摔死的,面部骨骼粉碎,脸跟块木板似的,她又按又挤又揉,才弄得稍微圆了,然后再填进东西,缝上皮肤,最后上彩妆——

还有一个淹死的,都泡烂了,她看着都想吐——

你再说我就吐了。我本来想跟她亲热亲热,可一晚上净听开刀和缝针的事,怎么躲都没躲开,我直挺挺地钻到被窝里去了。

【老白上。

老白:给小东西抹碘酒了吗?

白长林:抹了,爸。

老白:得多留心,眼睑上长小包,弄不好就长成疤瘌眼。这还是我从外头找来的偏方呢。

白长林:抹了三个月,我看差不多快好了。

老白:我还是有点不放心,明天我带她到医院查查。

白长林:第二天上班,我正在电脑上玩斗地主——(电话铃响)喂。

老白:医生说,那个包没事了,绝不会有后遗症,也不会得疤瘌眼。

白长林:真的?爸!您真是我亲爸!

老白:废话!

白长林:晚上不做饭了,我买葱爆羊肉和过油肉拌面回去,您不是最爱吃新疆饭吗?您的腿去不了新疆,那就多吃点新疆饭,咱就当去喀纳斯湖了,就当去天山天池了,去那儿不也就吃这个嘛,咱玩命吃,照死了吃!

老白:放屁!

【老白隐去。

白长林:秘书长,我先走了,这儿也没什么事,我回家看看我闺女。

秘书长:什么叫没什么事?

白长林:我看好多人都提前走了,没人管。

秘书长:什么叫没人管?小白,你别嬉皮笑脸的。我正找你呢。我问你,新出的那本区志,后面登的大事记,是档案局从你手里要走的?

白长林:是。怎么了?

秘书长:怎么了?出大事了!我问你,21号领导呢!怎么没记他?

白长林:他不是不驻会吗?

秘书长:谁说他不驻会?他让秘书来问我,是不是对他有意见,为什么所有领导,唯独他出席的活动不给记录?

白长林:不是您说的,21号以后的可以不上吗?

秘书长:对呀!21号以后的可以不上,我问你,21号以后是多少?是从22号开始!

白长林:我算算啊,我现在头大。21号以后,您说的是外头,我把 21 号算在里头了,整整一年我都没记他。秘书长,能弥补吗?

　　秘书长:我亲自去做过检查了。小白,这事就这么着吧,街道向区里一直要你,说让你回去工作,回头我们代表区里写封感谢函,你带回去吧。

　　【音乐沉闷。

　　白长林:担心的事情果然会发生,我回街道了,组织科把我重新分配到街道食堂工作,负责洗菜拌菜和端菜。他们来劝我,说没事,谁不犯错误,在食堂是暂时的,有的是机会呢。可私底下却讲,小白这下很难翻身了。唉,我一点也打不起精神,我想不开,不就是个人名吗? 地球是你家开的吗? 这事差点让我得了抑郁症,我想破罐破摔了。可怜我家里那两个中国人,你们的酸性体质只能自己改善了,媳妇,你快吃不上水果了;爸爸,我见天洗菜,你也美不了吧。说来说去,全都怪我,我太失败了。

　　【沉闷的音乐又持续了一段时间。

十

　　【场景回到第一场。

　　【白长林拿起老白身边的酒,喝下一口,系上绳子。

　　白长林:导演,我跳了啊,说好了 500!

老白:等会儿！多少钱？

白长林:替身跳一次500。洗一个月菜才2000。

老白:那我跳合算。我昨天刚知道,做传销吃干粉胶囊那个老张,尿毒症,做了两年透析,死了。厂里送去了5万块的抚恤金,说是连历史遗留问题一块解决了。

白长林:(惊骇)爸,您想什么呢！

老白:我算了算,我要是跳,跳正了,500;跳歪了,砸地上,厂里也得给5万吧？

白长林:爸！

老白:所以我比你合算,我当替身得了。

白长林:爸我错了,我不跳了。可你说我,我学金融,进互联网,想当公务员,时代的脚步我一直跟着呢！是哪儿不对呀？

老白:小子,记住了,跟不上就钻,墙上总得留缝儿,咱不就是这么钻过来的吗？

白长林:那,我老老实实回去上班去？

老白:人家不开你,你就钻,找缝儿！

白长林:那我回去了。

【沉闷的雷声。

老白:这天儿要下雨,小不了。你下班赶紧回家,赶在刮风前头。

白长林:您呢？

老白:我回厂里取自行车。

【老白下。

白长林:我回到食堂,人都散了。我坐在椅子上,总结这段经历,要不是图轻省,要不是为了让家里人高兴,要不是为了凑合养家,谁爱写材料呀!可是,不干这个,还能干别的吗?创业没胆量,做买卖太操心,自小又没养成持久的兴趣,什么都不具备,怎么和世界决裂?况且小门小户过日子,能和社会交换的,就是忍耐没趣味的环境,领取不太多的工资,虽然出力不多,也并没有额外得到什么利益,老实巴交没图别的,这还不行?

【狂风大作声。

白长林:天儿阴得像块灰布,冰雹和狂风砸下来了。

【电话铃乱响。

白长林:喂,喂!电视里发布汛情通告,说这是百年不遇的暴雨。街道开会,启动紧急预案,一批人先去现场,联系消防和公安,另一批人换胶鞋、拿铁锹、找车装水泥袋,剩下的人全部值守。

【电话铃仍然不停,急躁地响着。

白长林:(边记边说)全是反映问题的,老房塌了,旧墙裂了,电线杆子倒了,断电了!返水了!屎都从马桶里冒出来了!

【主任出现。

主任:小白,市里向区里要典型,区里又找街道,这对你来说又是个好机会!

白长林:我去干吗?

主任:带上相机,采访典型!

白长林:以什么为题?

主任:风雨无情,人间有爱。

白长林:去哪儿?

主任:铸造厂,有个协管员受伤了!你快去采访!

白长林:(蓦地停住)铸造厂?叫什么?

主任:不知道,就知道也姓白!

白长林:为什么姓白!为什么姓白!(慌乱地)我跑出去了!浑浊的雨水,蹚吧,顾不上那么多;身上发冷,冷就冷吧;树枝扎脚了,疼吧!什么百年不遇,别跟我扯淡,什么材料,我才不管呢!什么采访任务,去你的吧!都少跟我来这个,再跟我说这说那我就骂街!我管你们呢,我就想知道,为什么那个人姓白!他、他妈为什么偏偏姓白!

十一

【舞台上满是狂风席卷和暴雨如注的声音,

老白:我就说这雨小不了,腿一到这时候疼得没法动。

【老白用手攥住裤腿,卷向一侧,使劲勒住小腿。

老白:真疼啊!跟有蚯蚓往外拱似的。这么大的雨,活这么大头一次见,也算开眼了。停车场的车都让冰雹砸破了,不会让我赔吧?——嘿,别跑了,往这边跑,到楼里来!你着急也回不去家,先躲着吧!别蹚水,走高地儿,没看那儿有个漩涡吗?——坏了,那是排水井,井盖又被掀起来了!那井洞有十多米深,我学徒的时候,有个师傅就是在下雨天掉下去,给冲到后山河道上了——躲开那儿,别往那儿跑!我活这么大岁数了,别在我眼皮子底下死人。

【老白搬起自行车,蹒跚走向排水井。

老白:我把你盖上!怎么着,还动,还降不住你!

【老白脱下外套,系住自行车。

【老白的腿强烈地抖起来。

老白:哎哟,怎么在这时候掉链子了,爷们,你别不动啊,咱得跑回去!

【可是他一点力气也用不上,站不稳,他趴在自行车上。

老白:水就在我身底下流呢!下边漩涡一会儿吸一会儿顶的,我得起来!(恐惧袭来)我没活够呢!我的事没办呢,晚饭没吃呢,还得回家看孙女呢!

【老白一动也无法动,眼睛快睁不开了。

老白:这水真脏,可这衣服上还有香味呢,这是我儿媳妇给我洗的。(怒了)我这家刚踏实了,你跟我来劲是不是?小子,我治不了你?你是吸是顶,来着!就说厂子不要我了,可这还是我的厂子,我管的路面,不能叫你撒野!协管怎么了?六百块钱就管你了!

【强闪,老白一头栽进水里。

白长林:爸!爸!

老白:(虚弱的)我还以为我死了,好像是呛了两口水。

白长林:您干吗呢?这么大岁数还玩命,赶紧跟我走!(欲搀扶)

老白:别动,他们谁来拉我我都没让动,我挺着等你呢。这么大雨,你不得写材料吗?

白长林:写。你快跟我去医院吧!

老白:去医院着什么急,我能当材料写吗?

白长林:能,他们说有个姓白的,我就知道是您。

老白:那你还不快点写,有话赶紧问。小子,这是个机会,这不就是缝儿吗?老天爷给你打开了!你给我拿笔拿纸!

白长林:爸!

老白:快点,听话!

【白长林颤巍巍拿出笔和纸。

老白:不行,雨太大,你不是有录音笔吗?

白长林:好……

老白:(对着录音笔)我叫白永福,我趴在排水井口,我没想太多,没想当英雄,我不知道怎么成现在这样了。我不想死,我也不想见着死人。下午见我儿子想跳楼,我真想抽他,我还没跳呢,他哪来这么大胆!我现在就一个想法,我这老头好不好的没事,我要让我儿子把这材料写好,写好了他就不用洗菜了!

【白长林崩溃了。

白长林:您别说了……

【救护车声。

十二

【医生和办公室女孩上。医生拿着 X 光片子。

女孩:这是他以前的片子。

医生:从片子上看,静脉曲张比较严重,更关键的是膝盖,得做个单髁置换手术。(看到女孩一脸茫然)哦,就是骨头节中间的垫片坏了,把膝盖切开,塞进个合金的,能保证十年。

女孩:那前列腺呢?

医生:前列腺肥大,也要手术。

女孩:这是我们厂的典型,厂里说了,这回把他上上下下的毛病都治了,厂里报销。

医生:那应该早来啊。

女孩:待会当着电视台的您可别这么说。

医生:那我建议你们,可以先向肢残人协会提交申请,万一腿断了,可以免费给您安装假肢。

女孩:等他醒过来,我会把这个好消息告诉他的。

女孩:(打电话)喂,肢残人协会吗?我是铸造厂的,我想问一下,咱们还有免费安装假肢的项目吗?哦,您给我说说……我记一下……

【医生下。

【白长林颓然瘫地上。

女孩:您父亲怎么样了?还昏迷吗?

【白长林目光凝滞。

女孩:他的事迹在厂里传开了,厂领导定性,说他是新社会新时期的新工人代表。他用自行车挡住排水井,是保护公共财产和他人生命安全的行为,这是大爱呀,大爱无言,大爱无声,待会电视台的来,您就别吱声了。为表彰他的行为,厂里特别奖励五万块钱,还有以前的事,厂里一起给办了。

白长林:什么叫一起办?一码归一码,这五万是不是奖励的?

女孩:是。

白长林:那就不是五万。

女孩:那是多少?

白长林:十万。

女孩:怎么是十万呢?

白长林:五万是奖励,还有五万历史遗留问题,十万。要办分开办,别混一块儿。

女孩:你不能这样,老同志还在病房躺着,你这明摆着是要挟。

白长林:说对了。

女孩:我要回去和领导汇报。

白长林:汇报个屁!电视台的人在外头等着采访呢!他们扛摄像机来了吧?那我就跟他们说,这个典型一身病,为了这个家,他在外头蹬三轮,杵在厂子里指挥车,没办法,他就为那点儿钱,那点儿钱能让他踏实,能让我们好过一点儿。我以前说他要钱不要脸,但我现在觉得这么做是对的,因为谁给过我们脸?这个典型两万块钱就被买断了,到现在不清不楚,得不到合理的答复。你还叫我们别吱声,你用不着暗示,我待会儿就跟电视台的这么说,我现在就去说。

女孩:好好好!我这就回去解决!(嘟囔)五万块钱,至于吗!他要是能醒过来,我再给他申请五万,十五万!

【女孩下。

白长林:(悲愤地)我必须要,这是他拿命和几十年的血泪换来的。别说趁火打劫,我没其他办法。不管怎么说,拿到手,总归是自己的了,蒸熟了煮烂了也是自己的,装上腿也跑不掉。爸,我知道您又要算了,你肯定得给孙女算,择校费两万、特长班五千、双语班三万,还有亲子班、占坑班……可是您睁开眼啊,您倒是给我算呀,您的典型材料我也没写呢……洗菜没事,我只当锻炼身体了。我忍着,我学您,您是真柔软啊,也是真刚强啊!……可是,您得起来呀,您别就这么走啊。您快睁开眼骂我两句,我以后都听您的还不行吗?您别走啊……

【女孩跑上。

女孩:(惊恐的)怎么,你爸他……他已经……

白长林:医生说他有低血糖,延误了治疗,导致大脑损伤……他从来没说过他有低血糖。

女孩:你放心,十万肯定没问题,我这就回去办。(下)

白长林:爸,听见了吧,我再给您算算,我和您儿媳妇还存了三万,咱们这就有十三万了,咱们不易,找了这么多缝儿,钻出这么多钱。我现在明白了,您老想着让孩子比您强,少受罪、少吃苦,因为您看清了出路。可是书我念了,也跟着别人往前跑呢,我跑不过人家呀。

【哀婉的音乐,舞台的光也渐渐暗下来。

白长林:爸,您受累了,但您活得不窝囊,比谁都硬。您给我留了十万,这钱我不花,我在上头都写上您的名儿,白永福。这点钱我让您孙女好好念书,念好了跑别人前头,以后找个不累的活干,多少再管点事儿,当个官,这样能少受委屈。这些都是您的委屈,所以您看透了,成了您的念想。这也是祖祖辈辈多少年传下来的念想,遗传到我这辈儿了,我再把它传下去。可是合理的生活应该是什么样啊,以前我想的是"慵懒一点,洒脱一点",现在摸不着门儿,我摸不着。门在哪儿呢?您轻松了,您走吧,我再带着她们娘俩继续钻,您走吧……走吧……

老白:(上)谁走,走哪去?

白长林:您刚才吓死我了,躺那儿连口气儿都不喘。

老白:我做了个梦,昏沉沉的,我不想起来,后来听见有人说给我十五万就醒了。

白长林:那您没做梦。

老白:真有人这么说?

白长林:有。

老白:好儿子,你看我腰也不弯了,腿也不瘸了,我都不委屈,你给我笑笑。

白长林:我笑不出来。

老白:想想你闺女。

白长林:呵呵。

老白:想想你媳妇。

白长林:嘿嘿。

老白:再想想这个家。咱们笑着找钱去!

白长林:哈哈哈!

老白:哈哈哈!

【光缓缓收去。

【暗。

(完)

(作者简介:苑彬,1975年生,北京人。中央戏剧学院戏剧文学系研究生毕业,曾获老舍青年戏剧文学奖、夏衍杯优秀电影剧本奖。话剧《食堂》《画眉》在北京人民艺术剧院演出。)

【剧本】

赵老二上美国

Zhao Er went to the United States

梧桐　著

1.外景　城市　日

【一座繁华的城市,一座座高楼林立。一座大楼顶上,横立着一块巨大的牌子:赵家巨发建筑工程房地产开发公司。

2.内景　赵老二办公室　日

【赵老二坐在他豪华的办公桌前,桌上一个旗座插着国旗。他的身子仰靠在皮椅子上,两条腿搁在巨大的办公桌上。两只手捧着 iPhone,正在玩微信。

(旁白)赵老二在家排行第二,至于原名叫什么,大家就不记得了,老二发达后,不差钱,大家称之为赵总。没人再叫自己老二了,非常受用,因为"二"在当下有点那个意思,你懂的。

【镜头移至老二的脚。

（旁白续）老二还有一绰号叫"熏死狗"，说的是老二的脚。

（特写）iPhone上写着：热烈欢迎赵总来休斯顿！

【赵老二埋头，发出几个大红包，"欢迎赵总来休斯顿"的标语越来越多，有气球的，有飞机拉横幅的。

【赵老二听到敲门声，皱皱眉。

赵老二：请进！

【张松穿西装领带，毅然一副老总的样子。张松拿出餐巾纸，拿出香水，在餐巾纸上滴了一滴推门进，用餐巾纸擦了擦鼻子，眯起眼睛闻了闻，推开门进入。

【赵老二眯起眼睛，不屑地看着张松。

赵老二：哈！大公司总裁熊样！

【张松自觉被赵老二误解。

张松：哪里哪里！您才是。我是打工仔！

赵老二：（自负地）也是，初中你拿五分，我老是吃鸭蛋。

我真得谢谢你。可是有句话什么来着：博士给小学生打工⋯⋯

（标题字幕）：赵老二上美国。

策划：××

导演：××

编剧：梧桐

张松：赵总，你的签证我给你取来了。

【张松递过签证，老二接过，用手掂了掂。

赵老二：你看一签就是十年，要不是那个港口工程，不，还有那些娘们，老子还不稀罕呢！

张松（弯下腰）：赵总，你是说萌萌和莉莉？你这醉翁之意不在酒吧！桂桂可是……

赵老二：桂桂？她是谁？

张松：啊呀！不说了，去就知道了。

赵老二：你还是二十多年前的你，真像个娘们，说话吞吞吐吐的。这次去，你放心，打听你闺女上学的事。

张松：（十分感激地）我俩不愧同学一场，记着了。

【助理小刘拿着买好的礼品进。

小刘：礼品都齐了。可是买不到你要的中华铅笔。

【赵老二向他挥了挥手。

（闪回。）

3.内景 教室 日

【教室里坐满了学生，下课铃响了，赵老二走到一个女同学文静的课桌边上，一把夺过正在画画的文静手中的中华铅笔。张松走过来，一把从赵老二手中夺回中华铅笔试图给文静。老二一把折断中华铅笔。老二和张松打起架来，打翻了桌子、椅子。文静见状大叫起来。

文静：你干什么？

赵老二：我喜欢你！

文静：我不喜欢你！哼，癞蛤蟆，你是天鹅会飞吗？

（字幕继续）

【老师将两个打架的孩子拉开。

老师：赵安平！你又欺负人了！

赵老二：没，没有！我，我喜欢她！她说我会飞，她喜欢我。

张松：你回去照照镜子，你这样的人还喜欢她？

4.内景　赵老二房间　早晨

【赵老二站在镜子前，他看到自己的脸有些变形，使劲地用手将自己的脸挤得长一些。他的嘴巴开始有点歪。他试图将嘴巴抿直，看到眼睛一高一低，最后将表情调到自己最满意的状态。他开始穿上衬衣，用系红领巾的办法系上领带。领带老是弄不直，突然看到镜子里文静的眼睛看着他，他眨眼看，文静消失了。

【门口有人敲门,小刘进。

小刘:买好了。老板,你买中华铅笔,张经理也买中华铅笔。这中华铅笔是哪门子的礼品啊!

赵老二:你说什么,这小子也买了?

小刘:嗯。

5.内景　飞机上　日

【赵老二坐在飞机头等舱的位置上,回头望了望张松。老二挪挪身子,调调自动椅,坐定,然后不自觉地脱了鞋子。老二自己闻到一股臭味,用手抹了抹脚趾,放到鼻孔边闻闻,味大,赶紧把脚丫子用毯子裹上。

(空镜)飞机起飞。

老二拿出一本旧的课本,从课本里拿出一张毕业照片。

(特写)镜头慢慢拉近照片,照片中的一个小姑娘慢慢放大。这个小姑娘就是文静。书的空白处写着文静在休斯顿的地址。老二凝神看了片刻,嘴角浮现纯洁的笑容,口中念念有词:我得找到她!老二将书放在胸口上,靠在座位上紧闭双眼。

(梦境)赵老二眼前浮现出休斯顿豪华机场:"热烈欢迎赵总来休斯敦"的横幅挂在大厅里,年轻又漂亮的美女们拿着鲜花欢迎他。老二一眼看见文静站在美女们中间，老二走出门，美国式的拥抱和贴脸……

【空姐推着车过来，车上装的是饮料和盒饭。空姐轻轻地把他推醒。空姐闻到一股淡淡的臭味，她弯下腰往地上看，没发现什么。

空姐：先生，你要鸡蛋面条还是牛肉米饭？

赵老二：我只要一杯热茶。

空姐：先生这是早餐，茶水在后面。先生厕所在门帘旁边。

赵老二：小姐，现在不是吃饭时间吗？厕所我知道在哪儿。

（空镜）飞机降落。

6.内景　休斯顿国际机场　晚

【飞机终于到了休斯顿，老二和张松站在机场大厅中央转圈找，哥俩正四面看着，手机响了，是新来的小董。

赵老二（亲切地）：你好！你是萌萌还是莉莉？

（声音）赵总，我是小董。

赵老二（收敛笑容）：小董啊！我以为……

（声音）首先祝贺赵总平安到达美国，结构图通过调整能省出五百多万（人民币）。

赵老二(高兴):不错,小董,很有起色!

【赵老二放下电话。

赵老二:是小董电话。结构图出来了,省出五百多万。

张松:他是建筑系研究生毕业,又在别的房地产开发公司工作了两年,就是不一样。

赵老二:这么一个不错的搞结构的怎么轻易就离职跑我这来了,不会是探子吧?

张松(笑笑):赵总,小董是我招的,他和原来公司老总的小蜜不和,这才离开那家公司。

赵老二:你怎么知道?

张松:那家公司我有个朋友。俗话说兔子不吃窝边草。

老二:就是在公司里有小蜜也不让她参与管理不就没事了。

张松:(苦笑)李总的公司开始也是这么做的,但后来就失控了,直到公司解体,赵总,血的教训啊!

7.内景 机场行李大厅 晚

【刘秘书取到了所有的行李,大家都等在大厅里。只见桂桂来了,手里拿着一张用圆珠笔涂浓了老二名字的纸。

【赵老二整整衣服,走上去。

赵老二:您是萌萌吧!

【桂桂打量赵老二。扑哧一声笑了出来。赵老二有点生气。

赵老二:你来接我,你是谁?

桂桂:我不是萌萌,萌萌有事没来,我叫桂桂,我姐就叫我来接你们了。

张松:你姐?你姐是莉莉吧?

桂桂:我姐不是莉莉。你们别问了。

【桂桂掏出一把梳子递给赵老二。

桂桂:给你的,我姐要我准备的。你把头发梳一下吧。

赵老二:就你一个人,我这么多行李,你们怎么来送我们呢?看来我们只能自己坐地铁走了。

桂桂:地铁?什么地铁?你以为你在北京啊!

张松(睁大眼睛):休斯顿不是美国第四大城市吗?

桂桂:我们不讨论政治。

赵老二:这不是政治,这是我们的交通。看来得我来投资造一条。

【大家都哈哈笑他说大话。他们边走边笑,赵老二看到门边的厕所,说了声"对不起",去厕所了。

张松:我能去看看你的表姐吗?

桂桂:你怎么认识我表姐的?

张松：你把我的名片给她,她就知道了。我们中学同窗。

桂桂：我没有听我的表姐谈起啊!

张松：可别跟人家提起,我是来看她的。

桂桂：好,我会把名片给她的。

赵老二从厕所出来,大家走出大门。张松在自己的 iPhone 上打字,帮老二定了个"优步",优步车开了过来。

8.内景　酒店　夜

【到酒店了,司机不知道哪家酒店。停在一家酒店的门口。

司机：就这家酒店吧!

张松：桂桂没告诉你那家酒店吗?

司机：她说你们知道。

赵老二：我们哪知道啊?我们刚从中国来呢!是中国人常住的那家酒店,

司机：那是哪家呢?国内来的人太多了。

【司机下车走进酒店。

赵老二：我本来想萌萌和莉莉会陪我们,现在倒好。

张松：当心成了流浪汉,多亏了司机。

赵老二：有一次我在哈尔滨迷路了,见到一警察,问地址怎么走,警察说,我是给你预备哦!递上一支烟,才告诉我。

张松:这美国可是纸迷金醉的钱世界,只有钱能讲话。

赵老二:还好我们不差钱。可是,也不能挥霍啊,走吧!

【司机从酒店出来,指指对面的灯火辉煌的旅馆。

司机:一定在那里了。

【车子到了酒店。老二眼珠一转,随即塞50美元小费。

9.内景　酒店房间　夜

【赵总虽然有点困,坐在床上发微信。

(特写)iPhone屏幕:(打字的滴答声,屏幕显出几行字来)我(赵老二)已经到了你们身边。只有一个美女来接,泪奔。明天晚上邀请群里所有朋友来见个面,请大家吃自助餐,美国叫"芭菲"。

10.外/内景　文静家　　夜

【文静表妹桂桂着一身出席正式大宴会的正装,风姿绰约地来到文静家,姑妈迎出来。姑妈看到桂桂这身打扮,有些惊奇。

姑妈:桂桂,文静不在。

桂桂:姑妈,文静姐就在屋里。

【桂桂不顾姑妈的阻拦闯了进去。文静被她捉了出来。桂桂拉着文静的手往车子旁走去。

文静:你这丫头,把我拖到哪儿去?

桂桂:姐,一起去吃自助餐店。

文静:今天发工资了?

桂桂:今天有人请客。

11.内景　自助餐厅　夜

【糖城自助餐厅,灯火辉煌。餐厅内的歌厅里,两个老太太在挺着嗓子唱。大家伙都在闹哄哄地说话。张松已经在餐厅里了,大家都等着赵老二出现。

张松:赵总来了!

【赵老二出现在门口。

美女甲喊:赵总有土豪的味道啊!

美女乙叫:赵总你很有范儿!

【老二听了,不是滋味,低头看看自己穿的都是世界名牌,整了整领子,昂起头,手理了理头发。张松来到赵老二的身边。

张松:赵总,一切都准备好了。

赵老二:多少钱?

张松:来了一百多人。要两千多美刀(dollar,音译，下同)。气派!

赵老二:(笑笑)刘会计今年给省了两千万。毛毛雨。这些人也许狗眼看人低。

张松:小声点,别让人听到了。

赵老二:说我土豪!去他娘,老子就这样了。别看我土,什么硕士、博士,看着叫他们为我打工。

【赵老二在嘈杂声、讥笑声、拍手声、唱歌声中走进了大厅。只见名厨大妈妈在主持今天的欢迎仪式。名厨大妈妈大声宣布餐会开始,下面叽叽喳喳地讲话还没停。有人在咯咯笑,有人在大声说话。赵老二接过话筒。

赵老二:来头死,今特尔漫,(赵老二说英语Ladies gentlemen)今天我来到了我梦中的休斯顿。休斯顿是我梦中情人。我是个生意人,梦中情人要会,生意要做,生意情人两不误。

【一阵掌声、口哨声、喧哗声。

赵老二:(财大气也粗)今天我请客,大家敞开肚皮吃,我包场……

张松:今天让赵总为我们唱一首好不好?

众人:好!好!好!

12.外景／内景　自助餐厅门口夜

【桂桂将车停在停车场,下车,向自助餐店走去。

文静还蒙在鼓里。

赵老二(扯开嗓子,五音不全):妹妹你大胆地往前走……

【文静走进自助餐店一眼看到赵老二,还看到张松,捂起耳朵,急忙退了出来。表妹桂桂急急忙忙跟了出来。

桂桂:姐,你这是怎么回事?

文静:我突然感到头晕,开车回家!

桂桂:(开玩笑)不是头晕,是心晕!

13.内景　自助餐厅　夜

【赵老二唱着唱着,来性子了,索性像歌星一样,走下小台,突然瞥见门外一个身影,他不唱了,立住。

赵老二:小刘,小刘!

小刘:我在这里。

赵老二:去,把准备好的一包专门礼物拿来。

【小刘转身离去,赵老二放下话筒向外边的停车场走去。在黑夜中,看到一个熟悉的倩影进入车里。他认出开车的是桂桂。他向车方向走去,车子启动开走了。赵老二呆呆地站在那里,一会,回过神来,见张松站在他的旁边。

赵老二:张松,你在这里做什么?

张松:你问我,我问你呢!大家伙都等着你呢?

【小刘拿着包走了出来。

小刘:赵总,礼品。

【赵老二接过礼品。小刘伸过手,把一包"中华铅笔"递给赵老二。

(特写)张松眼尖,一副吃醋的表情。

赵老二:(大声地)人都走了,拿来有什么用!

【小刘委屈地拿回礼包,转身离去。

【张松很快收起吃醋的表情。

张松:赵总,他们都等着你去合影呢!

【赵老二走进大厅,大厅里有朋友早就把照相的椅子为老二准备好了。张松在和莉莉说话。

张松:我已经把人带到你这里了,就看你的了。

莉莉:你放心,事成了,少不了你的好处。

【赵老二坐在前排,后面的墙上挂着一条横幅,上面写着"欢迎赵老二来休斯顿"。

赵老二:萌萌和莉莉在哪儿?

徐鹏:赵总,你们没认出来?

【徐鹏手指着前面的一张桌子,两位女士还在吃着聊着,吃相极不文雅。

赵老二:(失望地)就是她俩啊!

徐鹏:(打趣地)怎么,她们不漂亮?年轻时都是大美人,现在还风韵犹存呐!

张松:(对萌萌眨眨眼)她们都怎么老啦?才三十

出头啊!还不至于是昨日黄花吧!(走到萌萌边上)就看你的了。

【两位女士瞥见赵老二和徐鹏正看着她们,她们这才放下了筷子,走了过来,热情地和赵老二打招呼。老二仔细看看她们的脸,然后瞅瞅她们身上穿的花旗袍,是那般不协调。

(特写)老二脸上浮起厌恶的表情,但立即就恢复了平常。

赵老二:啊!大美人原来是你们俩啊!

萌萌:(装出很萌的样子)怎么?赵总,显我们老?

莉莉:我知道了,赵总,你有没有审美观啊!老人要穿花衣服,显得年轻。

赵老二:(调侃地)你们的名字听上去好年轻啊!

萌萌:赵总跳舞吗?交谊舞的那种。

赵老二:搂着抱着的那种,还是贴脸的那种?

莉莉:赵总讲话好直啊!听上去就是舒服。

【张松招呼大家拍照,赵老二坐在中间,旁边两位是萌萌和莉莉。赵老二皱了皱眉,坐在中间,强挤出十分难看的笑脸。

【照完相,音乐起,大家跳舞。歌友村的歌手在卡拉OK上唱恋歌。萌萌抢先搂住赵老二,赵老二只好从命。可是没跳一分钟,赵老二松开了萌萌,萌萌感到奇怪。

萌萌：怎么不跳了？

赵老二：屋子里有强烈的大蒜味,我受不了。

萌萌：你是在说我啊！

赵老二：你？哦,对不起。

【萌萌咧开嘴笑,赵老二歪过头去。

萌萌：(笑着说)我前夫很喜欢大蒜味。他说男人不吃蒜夜里怎么能有劲呢！

赵老二：萌萌,你说得我夜里起不来了。

【萌萌咧开嘴大笑……这时饭馆经理来了。

饭店经理：我们要打烊了,息了吧。

赵老二：中国通宵玩,此地太乡下了。

【张松过来,拉着赵老二。

张松：赵总,平稳保险公司的梁总抢着把单买了。

赵老二：真是比中国人还要中国人。

14.内景　中美企业家座谈会　日

【休斯顿的不少企业家来了,赵老二坐在前排的靠中心位置,休斯顿企业国际交流协会的负责人斯蒂文森和沃利斯的建筑公司老板及几个建筑商都坐在一起。老二看到下面坐的竟是昨晚在餐厅里见到过的女人们。刘秘书一一介绍了出席的人:桂桂搞房地产的,夏春秋是搞教育的,莉莉是建材进出口的,萌萌做保险的。

斯蒂文森:Grace 怎么没来?

桂桂:Grace 病了。

【赵老二凑近张松。

赵老二:谁是 Grace?

张松:我也不知道。

桂桂:她是我姐。

刘秘书:现在隆重介绍的是从中国来的赵总。他昨天晚上说在休斯顿能给我们建港口的基础设施项目。

【大家听了窃窃私语起来,刘秘书摇摇手示意安静。

赵老二:糟了,昨晚戏说一下,今天被人当真来。

张松:没什么,离出钱的日子还远着呢。

刘秘书:赵总能给我们休斯顿带来好运。现在还不是讨论的时间,大家请安静,先请我们的嘉宾赵总讲话。

【赵老二站起来,开始发言。

赵老二:我昨天晚上说的帮你们建港口基础设施,我是说说的,你们真的当真了?我以后说话嘴巴要紧些了。

【大家笑了起来,笑的是赵老二演讲的样子特别的可爱。

赵老二：我是生意人，在商言商，我是想到这里来发点财，但我知道这财不好发……

【沃利斯站起来，走到桂桂那里，搭了下她的肩膀，示意她出去说话。他们来到大厅外。张松隔着玻璃们看着他们在互相挥手说些什么，显然都很激动。他们说完又走了进来。赵老二还在讲话。张松站起来，迎着桂桂。

张松：桂桂，我要见你姐姐。

桂桂：好吧，过几天我带你去。

【张松说完回到位置上，赵老二还在讲话。

赵老二：朋友们，我赵某人说话算话，如果有好项目，我们一起做！赚钱不分男女老幼，赚钱不分东西南北。

【赵老二的演讲特直白，有感染力，大家爆出掌声。

15.内景/外景　宾馆　日

【赵老二站在宾馆的窗户前，看见下面张松一手拿着一束花，一手拿着一个礼包，进入桂桂的车里，桂桂开着车离开宾馆。张松从车窗内望去，见一个中年女子坐在 Starbuck 门廊的桌子前。张松仔细辨认了一下。

张松：(自言自语)就是她，就是她，她没变。

【桂桂听到张松的声音有点颤抖,看起来很激动。

桂桂:张总,你很激动。

张松:啊呀桂桂,这是多少年没见面了,不激动能行吗?

桂桂:你有心脏病吗?小心啊!

【张松下车,桂桂将车开走,桂桂看到张松走向文静。张松将花给了文静……

16.外景　开发小区　日

【桂桂将赵老二领到一个样板屋。这座样板屋坐落在一个湖边。门口的标价为40万美元。赵老二走进几个房间,摸摸扶梯,有些爱不释手。

赵老二:这样的房子要放在北京,下不了一千万啊!

桂桂:这里的人买房基本上是自己住的,没有很多人投资。赵总想投资吗?

赵老二:先买两套试试吧!目前在国内找新项目太难,国内各种税也多了起来,不行干脆把钱往美国倒弄吧!

莉莉:赵总有所不知,钱到了美国,更不好办,美国才是万万税的国家。美国穷人靠富人养着。

桂桂:所以许多亚裔在美国装穷,把银行存款降到五百以下，想办法少报税，可以领食品卷，每年还可以拿到国家退税钱，早早把财产转移到子女头上，再去申请养老院。

17.内景　酒店房间　晚

【老二准备洗漱，从箱子里拿出内衣内裤，一个信封抖落下来。老二从信封里拿出一张照片和一张纸，纸上写着一个地址。

（特写）照片是某中学毕业照，上面有老二和文静。老二看着文静。

（闪回）文静从照片里跳出来，在教室里看书，老二走过去，抢了文静的铅笔。文静抬头，要老二把铅笔还给她，老二不肯。文静说要告老师，老二不怕。文静说老二你喜欢我吗？给我买十打"中华铅笔"。这时张松过来，把铅笔从老二手里夺过来，还给文静。老二和张松打了起来。文静在旁边大叫："我不要铅笔了，你们别打了。我不要铅笔了，我不去告老师了。老二别打张松了……"老二从沉思中醒来，他大声叫刘秘书。刘秘书进。

赵老二：明天租辆车。

刘秘书：去哪儿？

赵老二：是你问的吗？

18.外景　休斯顿高速公路　早晨

【老二在高速公路上开车。去市中心的路有点塞车,老二拿出 iPhone,看着地图。

19.内景　酒店餐厅　早晨

【张松到处找赵老二,他到酒店餐厅,看到刘秘书在吃早餐。

张松:赵总呢?

刘秘书:一早就租车出去了

张松:去哪儿了?

刘秘书:不知道。

【张松一脸茫然。

20.外景　社区　午时

【赵老二在一个社区内开着车,社区漂亮极了。GPS 要赵老二沿着湖边开过去,赵老二开了过去。来到了一家十分漂亮的别墅前,赵老二有些茫然,回顾四周无人,又看了看手中的地址。赵老二下车,来到牌子前,看牌子对地址,找到2913的门口,用手指欲按门铃。赵老二停住,不敢按下去。

赵老二:(自言自语)我看上去太寒碜了。

【赵老二将车子开过房子,在社区的尽头停下,闭眼,文静的影子在脑子里涌现出来。赵老二斜靠在驾驶椅子上。

（闪回）

21.外景　学校运动场　日

【赵老二在起跑线上准备起跑,抬头看到在观众中的文静,张松站在她的旁边。文静大声喊赵老二加油。

22.外景　社区　午时

【老二将车子倒出来,闭闭眼,运运气,鼓足勇气,脚踩油门,车子嘎的一声,开到文静的别墅前。他拿起中华铅笔,拿起礼包,推开车门,走向别墅,举手敲门,看到门上的监视器。突然听到一串狗叫声,赵老二吓了一跳。赵老二敲门,一个女人声音传出来。老二惊喜,这是文静的声音。开门,赵老二看到一个耄耋老妇人。一条狗窜出,咬住老二的裤腿,被老妇喝退。老二只会一两句英语。老妇见他像个骗子,赶忙报警,还好有个邻居出来。

邻居甲:(用中文)请问先生,您找谁?

【赵老二赶忙拿出地址和名字,那个中国人摇摇头,表示没有这个人。老二十分失望。警车赶到,幸亏这位华人能说些英文为老二解释。警察见没事,就警告了老二一下,便开车走了。老二再想和那位大姐说话时,不料人家早转身关上了大门。

赵老二:(自言自语)都说美国人好客,怎么又是警察又是警告的。

23.外景　高速公路　傍晚
【赵老二有点生气,他记得自己还要参加辣妈比赛晚会,便在高速公路上将车子开得飞快,只听见后面有警车响起警铃。

赵老二:(自言自语)今天倒霉尽碰到警察。
【他停下来。

24.内景　礼堂门口　傍晚
【辣妈比赛在集会礼堂举行,门口等着很多人。张松焦急地看手表。

张松:刘、刘秘书,这赵总到哪儿去了,现在还不来?

刘秘书:一早就走了,到现在还没来。我们还是报警吧!

张松:不会出事,要出事早就来电话了。

25.外景　路边　傍晚
【后面警察的大灯一闪一闪,赵老二显得十分着急。他从皮包里拿些钱,警察拔出手枪,大吼。

警察:举起手来!

【警察一只手示意要老二举起双手,老二明白了他的意思,慌忙举起手。警察查了老二的执照等。老二拿出一叠美金。警察叫他把美金放回去,把他带到警察局。

26.内景　宾馆门口　傍晚

【男男女女围着桂桂,她在网上得了一万五千多票,张松挤上去,和桂桂说话。突然张松的电话铃响了,电话里传来赵老二的声音。

赵老二:我超警察屁股了。我不会洋文,身边有会说洋文的人吗?

【张松把电话给桂桂。

桂桂:赵总,说怎么了?

赵老二:我超速了。现在在警局。

桂桂:超速开罚单,怎么能把你带到警察局去呢?

赵老二:你跟警察说说好吗?

【桂桂接电话,听了一会。

桂桂:好!我们马上过来。

27.内景　警察局的办公室　傍晚

【老二坐在凳子上,张松和桂桂进入。桂桂给警察解释了一段时间。赵老二十分感激桂桂,趁张松不在,把地址塞给桂桂看。桂桂看了地址,哈哈笑起来。

桂桂:打开门是一个老太婆是不是?

赵老二:你怎么知道?

桂桂:你的同学早就不住在那里了,她把房子租出去了。

赵老二:(惊奇)你怎么知道?你是她什么人?

桂桂:我还知道你给她送什么礼物呢!一打中华铅笔。

赵老二:你?你?

桂桂:你这个大老板也太小气了,就一打破铅笔!这是我们三年级男孩送给女孩子的礼物。你,你,你……

【桂桂笑得弯下腰。

赵老二:桂桂,你也太小看我了。

赵老二拿出一只价格不菲的钻石戒指。桂桂睁大眼睛。她没有看见过这么大的钻石。

桂桂:还真有你的,出手土豪。

【张松进来。

张松:警察把赵总给放了。桂桂,笑得这么高兴,捡到什么玉片了?

【老二趁张松不注意给桂桂使了个眼色,要她不要说。桂桂会意,止住了笑,摇摇头没说什么。

28.内景　礼堂内　傍晚

【辣妈大赛正在进行着。让全世界华人都知道美国休斯顿华人。桂桂、赵老二和张松进入。

桂桂:赵总,看出中国人在这儿的实力了吧!

【赵老二和很多人出席辣妈大赛。桂桂走到舞台上,拿起话筒,主持这次大赛。

【桂桂:Ladies and Gentlemen!今天我们来了很多人。现在进来的是国生,休斯顿电影节金牌得主,后面是前世界跳水冠军。我们的美国名厨大妈妈也来做嘉宾了。今晚州长也来了,跟着的是华人顾问Grace。现在让大会主席Grace说几句话。

大家一阵掌声。

Grace:Ladies and Gentlemen. Today is our Chinese Pepper Ladies Day. We Chinese in Houston are so dazzling when we dress up and dance. More importantly, We Chinese ladies on the stage are all business women……

【赵老二惊奇地看着这个华人女性,她长得太像文静了,可是她说英文的声音很不一样。他站起来往台上走去,但是有个保安拦住了他。

保安:对不起,先生,演出就要开始,非演出人员谢绝上舞台。

【赵老二无奈,他朝门外走去,想在门外兜住这位女士。老二走向出口。

29.外景　礼堂门口　夜

【赵老二走出礼堂,只见张松手里拿着一束花站在门口,朝停车场处张望。

赵老二:张松,你在这里干什么?

张松:没,没干什么!等一个人。

赵老二:等人?你在休斯顿不是没有认识的人吗?

张松:我……我……

赵老二:你,你怎么了?刚来两天,我们生分了?还是你有什么事?是你女儿来美国读书吗?

张松:不……不是……

赵老二:那是什么?莫非你……

张松:我什么我?我像你一样单身。

赵老二:你是准单身,还没办证呢!

【赵老二正说着话,忽然看到几个人从另外一个门走了出来,他赶紧走了过去。刚要走近Grace,突然看到一个美国男人走向Grace……

30.内景　HEB大超市　日

【赵老二在美国店里转了转,看到有狗肉罐头,买了几盒。

赵老二:(边交钱边自言自语)都说美国人不吃狗,看看,这狗肉罐头在国内还买不到呢!

赵老二:(对收银员说英语)爱旺白鸡丝,好马骑?(I want to buy these.How much?)

【收钱的老外眼睛瞪得牛样大,愣是一句没听懂。老二见收银员不懂,就拿出在国内地摊上买的一本用汉语标记的《出国英语二百句》。赵老二重复一遍,收银员还是不懂。赵老二急中生智,拿出美金来。这下收银员点点头。

收银员:OK,OK。Thank you。

【赵老二很兴奋,听懂了上面的话。

赵老二:三克油。

31.内景　Walgreen 药店　日

【老二在 Walgreen 找牙膏柜台。这次他聪明了,看到一个工作人员,他 Hello 一下,向他比画了一下刷牙的动作。这个工作人员懂了,把他引到摆牙刷的地方。这次他到柜台没说话,就将钱付了。看看 Uber 师傅还是没影,老二打电话。

赵老二:你在哪儿啊?

Uber 师傅:我在这等你十五分钟了,你没出现啊!

老二说:不好意思,看你不在,我又来了一家美国店。

师傅:在哪？我去接你。

【老二赶紧用手连比带画将电话递给一老外,老外是个南美新移民,Uber师傅也听不懂他的话。老外又把电话递给一老美,这回Uber师傅马上就开车过来了。

32.外景 海滩 早晨

【美丽的海滩小镇盖尔维斯顿度假屋坐落在一望无际的海滩边,太阳光从轻飘的白云间透漏下来,洒在大海里,海浪星星点点泛着耀眼的粼光,有人在大海里驾着鼓涨风帆的舢板,不时又一艘快艇穿梭在浪里,后面拖着一个玩浪板的小伙……

【一对夫妻在海滩上慢慢地散步,海浪调皮地在他们的脚边停住。他们是文静和丈夫沃利斯。沃利斯轻轻地搂着文静,向前慢慢地步行,俩人默默无语,留下两串脚印。他们走上伸向大海的巨大的海礁。他们俩手拉着手在Pier的尽头眺望大海,文静把头靠在沃利斯的胸前。沃利斯用双手捧起文静的的脸。文静抬头用那双闪烁着光辉的眼睛看着沃利斯。

沃利斯:你知道我为什么选择来这里度假吗？

文静:这里是我们相遇的地方。我爸来钓鱼,我要跟着他来,我落水了,就在这里,你像鱼一样游过来救我。

沃利斯:我救了你,可是也赚了你啊!这冒险多值!你看,就在这个度假宾馆边上的那个教堂,我们结的婚。

文静:(自言自语)我多幸福。你舍得抛弃我吗?

沃利斯:(紧抱着文静)不!Grace!不!Grace。我不是抛弃你,我是为了你的幸福!让你自由!我不能连累你!

文静:(眼泪顺着脸颊流下来)不,沃利斯,难道你不和我商量,就这样决定了?

沃利斯:Grace,亲爱的,你听我说!

【文静推开沃利斯,沃利斯用手擦她的泪水。

文静:沃利斯,你别说了。我知道你想让我走出你的困境,可是你没有考虑过我的心吗?

【沃利斯没有说话,他坚定地挽起文静,向前走去。

33.内景　宾馆房间　晨

【回到房间老二拿出牙膏赶快刷牙,好几天没刷牙了。可是挤了很多牙膏不起沫子,牙齿还感到油乎乎的。

老墨服务员在敲门,打扫卫生来了!老墨进门,她闻到一股浓浓的腥臭味,一脸迷惑。

老墨:(西班牙语)这是什么味?

【老墨看到几只熟龙虾,吃了一半,剩下的放在桌子上,使劲点了点头。

老二赶快到洗手间拿牙膏给他看,并指指自己的嘴。老墨笑得前仰后合。

老墨:no,no。

老墨用手指了指赵老二的裤裆。赵老二听不懂,赶紧用手机上的金山词霸将牙膏上的英语单词一个个敲进去,弄了好一会,终于出来了。

(特写):做爱时用的润滑剂。

【老墨还在笑。

【老二赶快查找狗肉罐头的英文。

(特写)原来是狗吃的罐头。

赵老二拼命地吐着口水,想把润滑油吐尽……

34.内景　海滩宾馆房间　晨

【文静穿着她最喜欢的绣花睡衣,已经把沃利斯的衣服小心地放进他的旅行箱里,然后把自己的衣服折好,放进自己的箱子里。沃利斯从浴间出来,看到文静的美态,把文静抱住。

【文静想说什么,但是噎了回去。

沃利斯:Grace,my dear,下午一点我们去办了,再过几个小时我们就不是夫妻了。

文静:现在还是。

沃利斯:是,现在还是,我要珍惜这每分每秒。

【沃利斯抱住文静。文静踮起脚,亲吻沃利斯。沃利斯贪婪地闻着文静的呼吸。沃利斯将文静抱起,将她轻轻地放到床上。文静双手捧着沃利斯络腮胡子的脸,将他的嘴贴在自己的嘴唇上。他们深吻着……

35.外景　市政府大楼　日

【文静和沃利斯从市政府大楼出来,在大门口停住,他们俩都互相注视,沉默片刻。

文静:我已经打算好今天搬出去了。

沃利斯:这房产和车子都是你的,手续早就办好的。

文静:我怎么不知道?

沃利斯:做生意有风险,我没有让你知道。我庆幸做了这件事。

文静:那你卖了房子车子还债务吧!

沃利斯:不了,我的事你不用管了,我们不是夫妻了。

【沃利斯说完,没有回头,向公交车走去。文静默默地注视着他的背影。

36.内景　桂桂家　日

【桂桂接完电话,是张松打来的。

张松:(电话声)桂桂,明天赵总想去看一家美国房地产开发公司。

桂桂:(接电话)好的,你等一下。

桂桂:(俏皮地笑笑,捂住电话,大声喊)姐,你出来。

【文静穿着一件华贵的睡衣,胸前抱了个枕头,从她的房间里出来。

文静:你这冒失鬼,又怎么啦?一惊一乍的。

桂桂:张松要我带赵老二参观一家地产公司。

文静:你想要我求你是不是?你尽力帮忙就是了。

桂桂:(俏皮地)你说得倒是轻巧,看你这两个选哪一个,我觉得这个赵老二太粗太不文明,这个张松倒是和你挺配的。

文静:(脸一红)丫头你说什么!

桂桂:可是人家老二为了找你吃了罚单,还不知会出什么事呢!

文静:你在说什么?我怎么一点也听不懂。

桂桂:姐,你是真不懂还是装糊涂,我有证据:那几打中华铅笔做的礼物是"神马"物件?那是中华青梅竹马的物件。

【文静打断了她,转守为攻。

文静:你这丫头,你成天嚷着做生意,倒和这个赵老二是天仙配,说不定我还能做月老呢!

【桂桂咯咯地笑了起来。文静用枕头敲桂桂的头。桂桂翻倒在沙发上,文静继续敲打她……

37.外景/内景　新建小区　日

【桂桂开着她的SUV,看到小区的大门几根雄壮的柱子,柱子边上有一方巨大石碑,上面写着好看的"homepro"的字样。旁边有一个不大的人工假山上瀑布直泻而下,从一座精致的小桥下流过。桂桂的车在大门不远的样板房的停车处停好,她走下车。这时老二推开门,和张松下了车,向样板房走去。

【桂桂在前面进入房子,张松跟了进去。张松将桂桂拉到一边。

张松:文静怎么没有来?

桂桂:来了你就变成大男人了吗?

张松:桂桂,什么是大男人?

桂桂:就是那种……

【桂桂说着,装出一种贵族单腿跪地的求爱姿势。张松斜眼看了看赵老二,看到赵老二并没有注意他,略略松了口气。桂桂看了他一眼。

桂桂:(放开声音)怎么?怕别人听到?

张松:我怕什么?

桂桂:你怕被赵老二听到。

张松:怪不得你是个嫁不出去的剩女。

桂桂:我没有青梅竹马的梦中情人。可是……

【桂桂看见赵老二走过来,她没有说下去。老二在后面悄悄把鞋脱了,自己闻到一阵臭味,皱了皱眉头。桂桂也闻到了臭味,皱眉,搐鼻,一脸不屑。赵老二又将鞋子穿上了。

桂桂:(捏着鼻子)什么味?

赵老二:我的脚。

张松:听说休斯顿有治脚气的药。

桂桂:有啊,明天我去问问。走,我们去看看。

【他们看到各种建筑材料摆放齐整,进来一个买房人,选了各种材料。

赵老二:桂桂,美国买房子怎么还要自己挑材料啊?

桂桂:当然,建筑商按买主的要求盖好房子,买主就可以入住。

【老二在桌上看到一张小区的图纸,上面有一个人工湖。赵老二问一位美国年轻工作人员,桂桂在一旁做翻译。

赵老二:这湖是不是小了点?

老美:你住过没有啊!

桂桂:(笑了):这就是美国人的思维!

【赵老二见张松不在,把桂桂拉到一边。

赵老二:我那天吃自助餐时看到你和文静在一起,一晃,文静不在了。我去这个地址找她,可是……

桂桂:你们是老同学了是不是?你也给她带来一捆"中华铅笔"是不是?

【桂桂说着,咯咯地笑了起来。

赵老二:(困惑)"也"字什么意思?难道还有人也送她"中华铅笔"不成?

【桂桂没吭声,只是咯咯地笑了几声,突然停住了笑,变得严肃起来。

桂桂:你唱罢来我登场。人生如演戏啊。看看这出戏谁能演得久。

【赵老二根本不明白桂桂的话。

赵老二:你别文绉绉的,你还没回答我呢!

桂桂:(自言自语)怎么好事坏事都落到她一个人身上呢?好吧,这出戏索性演得热闹点。

38.外景 小区 日

【赵老二跟着桂桂进入小区。

赵老二:这个地方我来过?这不是我来过的地址吗?

桂桂:是啊,你来过。看看这个房子,你想买吗?

赵老二:湖景房,想买。

桂桂:有机会见你想见的人。

赵老二:谁？文静？这是她的房？她在卖房？为什么？

桂桂:你就别问了,文静名花有主了。

【桂桂说着,眼睛深情地盯着赵老二。赵老二被盯得不好意思起来。

桂桂:听张松透露你至今还单身,钻石级。

赵老二:王老五！桂桂,你喝过洋墨水？

桂桂:洋墨水里面泡着呢,怎么不喝？

【两个人走到桂桂的车边,桂桂送老二回旅馆。

39.内景　州政府大楼　日

【文静办公室里,文静在看一叠报纸上的信息。那是休斯顿油船码头基础开发签订了一个意向性公开招标。桂桂走进文静的办公室。

文静:什么事这样风风火火的？

桂桂:姐,你老躲着赵老二也不是个事。他虽然貌不扬,但好歹也是一个企业家。你不是负责招商引资的商业……

文静:谁说我不想见他？我还希望他能出席这个招标会。

桂桂:那你还不见见他,你不害怕我抢了他？

文静:你崇尚英俊小鲜肉,哈哈哈！你看得上他！

桂桂:你到底见不见?

文静:暂时不见。

40.内景　宾馆房间内　日

【赵老二在房间内坐在桌子边上看着文静的地址,他把地址打到互联网上,看到文静的房子在卖房的网上。

(特写)房子的广告图片以及房子拍卖消息。

赵老二把拍卖的地址抄下来,正用手机字典努力翻译,忽然有人敲门,张松进来。

张松:老板,群里要我们去参加一个派对。

【老二皱起了眉头不作答。

张松:怎么了?

【老二把手机递给了张松。

老二:每人带个菜好办,这必须要出个节目可咋整呢!我又不像你唱得跟百灵鸟似的,我天生就他娘的五音不全!

张松:(笑笑)这好办,你给他们讲个笑话不就得了!我给你准备材料。

老二:(乐了)对对,你得准备两三个,我得背下来,看情况,如果是一帮装模作样的就来个雅的,如果是帮实在的就来个黄的,咋样?

张松:(笑呵呵)对!还是你点子多,一会我就到网上找笑话段子,随情况再改改,对了,随机应变是你的强项嘛!

41.内景　歌友村老吕家　夜

【村长站在门口迎接很多的参加派对朋友。他的家很大,老二和张松一行人来到村长家,村长十分客气引他们进入客厅。客厅里的桌子摆了不少的菜食。老二和张松把烤鸭放在桌子上,来到很大的后院。后院的空地上摆放着烧烤炉,旁边的桌子上放着很多牛羊肉串和素菜串。火炉吱吱地蹿着火苗,烤肉香味使人垂涎三尺。

客厅里的人很多,村长开始介绍参加歌会的人……

村长:李大姐热情好客,出力出钱,为这里的华人业余时间找乐。张雄峰也属于牺牲自己娱乐大家的人。

张松:(小声地)我记得张雄峰是小说里常说的一代武林宗师啊,这个名字有点意思。

老二:那都是你们这些常看书的人的事,我不知道什么疯不疯的,这鸭子倒是挺正宗的,把油都烤出去了,你闻闻还挺香。

【赵老二拿鼻子闻鸭子,张松拽了赵老二一下。

张松:(小声)别闻了,那几个老外看你笑呐。

赵老二:(不屑地)来美国也有几天了吧,老外就那么回事,吃早餐时,有两个老美奶油沾手上了,挨个用嘴吮了手指头。我靠,中国人做啥都不对,他们咋整都有道理,妈个嘎巴子!

张松:也别太放肆哈!

【大家吃完各自带来的拿手菜,开始聊天唱歌,借酒装疯,这正符合老二的性格。

村长:现在每人出个节目。

赵老二:张松,你先上。

【张松站起来唱了首歌,唱完掌声雷动。

村长:张松就是写歇后语的作者,现在请赵总唱一个。

【大家鼓掌。老二接过麦克风把西服外套一甩,张松看出老二喝了点酒要闹,赶忙拉他,没拉住,老二已开场了。老二五短小手一伸。

赵老二:有个村子叫歌友村,村里的男人都出海打渔去了,村里剩下的都是娘们。

【张松在旁拽了一下赵老二的裤子,赵老二赶快改口。

赵老二:啊!那个女士们!不,女人们等得着急啊,都出海六天了,怎么还没有动静啊?这天大清早,村里的人发现海边漂过来一个男人,已经断了气,村里人把全村女的都喊来了。由于海浪的拍打冲刷,尸体也是难以辨认了！有人提议,自家的老公都熟,干脆看下体吧！于是就开始辨认:第一个上去的是漂亮的大曼,她看了半天说,不是我老公,也不是我姐夫;第二个上去的是妖媚美丽的村会计,她看了好一会说,不是村长也不是书记;第三个上去的是村里最年轻最漂亮的咪咪,她看了好一会说,大家散了吧,这人不是咱歌友村的。

【老二一讲完,尖叫声、哨声响成一片！

42.外景　政府大楼前公交车站　日
【公交车站上有几个黑人在等车,文静站在公交车站亭子里,她不停地看着手表。一辆公交车徐徐停下,沃利斯从公交车上走下来。文静迎上去。沃利斯欲拥抱文静,文静躲过。

文静:沃利斯,这么急有事吗?
沃利斯:能去喝杯咖啡吗?
文静:走吧,我们楼下有间咖啡厅。

43.内景　咖啡厅　日
【文静和沃利斯面对面坐着,沃利斯端起咖啡,喝了一口。

沃利斯:静,接到律师函了。你的房子不能过户,只能拍卖了,而且,是倒闭拍卖。

【文静听了，没有多大的反应，只淡淡一笑。沃利斯反而感到惊奇。

沃利斯：静，你知道了？

文静：是的，沃利斯，我知道了。不过谢谢你跑来告诉我。不拍卖，我也已经准备卖了给你还债。

沃利斯：你已经把所有的积蓄都给我了。这次房子又……你怎么办呢？

【沃利斯伸手握住文静的手。

沃利斯：静，既然我们离婚不能撇清房子，那离婚有什么意义呢？我们复婚吧！

【文静从沃利斯手里抽出她的手，眼睛里挂着泪水。

文静：不，沃利斯，一切都过去了。你去冒险吧！

沃利斯：静，你不喜欢我了吗？我们的一切你都忘了吗？

文静：没忘，这段记忆永远在我的脑子里。我爱你，我的一切都给了你，身体，金钱，感情，希望，可是这一切你并没有珍惜。是的，你很爱我，可是现在我发现我们并不真正了解对方。你知道吗？美国人喜欢冒险，但是中国人，尤其是中国女人喜欢安逸平静的生活。

【沃利斯突然激动起来，站起来。

沃利斯：静，你不是这样的，你不是这样的！

【咖啡厅里的咖啡客们扭过头来看这对男女。文静感到十分尴尬,站起来,走出门外。沃利斯追了出去,一把抓住文静。不远处有个警察,看到一个男子抓住一个女子,走了过来。

　　警察:这位女士,你没事吧?

　　文静:谢谢先生,我没事。

　　【警察看看沃利斯,离开。

　　沃利斯:静,我成了流氓了,你看我成流氓了!

　　文静:再见吧,沃利斯,祝你好运!

　　【文静目送沃利斯的背影,一辆公交车开过来,开门,沃利斯上车,车子消失在街角。文静擦去眼泪,走进政府大楼。

44.内景　桂桂家　日

　　【文静坐在家里的沙发上看书,电话铃响了。文静拿起电话,电话里传来张松的声音。

　　张松音:文静,今天星期天,我们约你到海滨公园去看海。

　　【桂桂从厨房里出来。双手在围裙上擦着。

　　桂桂:谁啊?是那个白马王子张松吧!

　　文静:(捂住电话)死丫头,是他,我怎么办呢?

　　桂桂:他约你了?

　　【文静点头,电话里传出声音……

桂桂：你就答应呗。

【文静看看电话，电话里的声音好像很急。

文静：赵老二也去。

桂桂：那不是更好吗？让赵老二恭喜你啊！

文静：你可别乱说，我刚离婚，没心思想这个。

桂桂：那又怎么了，法律没有规定离婚多长时间才能谈恋爱。

文静：你这死丫头越说越没谱了。

【文静听到电话催促的声音，她只好应允。

文静：（对电话）好吧！我到中国城来接你。

45.外景　中国城中华文化协会前　日

【Uber师傅驾着车快到文化协会拐弯处，猛地看见前面一辆车逼停了一辆奔驰车。两个黑人走向奔驰，从车子里抢一个女人的包，只见那个女人抓住包死死不放。

Uber师傅：不好，黑鬼要抢华人了，是这辆车来接你吗？

张松：我不认识。我们快离开这里吧！黑人手里有枪。

【Uber师傅从手套箱掏出枪。

Uber师傅：奶奶的，豁出去了。你打电话911。

张松：我们快开走吧！命要紧啊！

【Uber师傅朝空中鸣枪,前面的黑人松了手,朝他们的车子开了两枪,赶紧上车,开车逃走了。张松惊魂未定,在旁边微微发抖。

Uber师傅:好一场枪战。

张松:你这么厉害,车里还放着枪。

Uber师傅:自救,指望不上警察,不自救等死。好了,送你到了,下车吧!前面这辆车也许是等你的人。

【张松下车,Uber师傅调转车头离开。张松战战兢兢地向奔驰车走去。他看清车里的人是文静,文静也看到他了。

文静:你胆子好大啊!不愧一个男子汉!

张松:文静,休斯顿好可怕啊!

文静:休斯顿就是这样,有你这样的英雄,害怕什么?

【张松欲想解释什么,文静赶紧招招手。

文静:快上车,我报警。

张松:悍匪已经逃走,我们多一事不如少一事吧。

文静:我还要报告你和这位Uber师傅的英雄事迹呢!

张松:那我等着,我不会英语。

【这时警察车鸣笛而至。

警察:Uber师傅报警,两个黑人抢劫犯抢劫,女士你怎么样?

文静:幸亏有这两位英雄,劫匪逃走了。

警察:没受伤没被抢就好。(转向张松)华人个个像你就好了。

【张松感到很不安,刚才吓蒙了,现在倒成了英雄,不知所措地向警察点点头。警察拍了照,让文静开车离开。

【文静没有离开,她等赵老二。

文静:赵老二怎么没有来,你和他不是在一起吗?

【张松支支吾吾。

张松:我来的时候他不在了,我以为他丢下我来了。

文静:他没来过。

张松:他一定忘了。他做事还像小时侯那样。

文静:哦。

46.外景　海边　日

【他俩在石堤上走了,前面是一望无际的大海,微风在轻轻地吹着,海面上星星点点地闪烁着亮光。张松和文静在海边公园的一个咖啡店坐下。

文静:你说这个赵老二还是像以前一样说话不算数?

张松:你还巴望着他改吗?文静,你家桂桂好像对赵老二有意思了。

文静:好啊,你促成促成!

张松:当然,成人之美,功德无量。这个赵老二,不会来了。

文静:也许他迷路了。

张松:别等他了,你想吃什么,我点。

文静:好啊。

【服务员过来。张松点菜。

张松:女儿想来美国读书,我想让你这个姑姑当妈。

文静:这,怎么行?

张松:怎么不行?

文静:需要担保。

张松:是。

文静:我一无所有了。

张松:为什么?你有那么大房子!

【文静静默,张松拿起红酒杯……

47.外景　老人院　夜

【歌友村在老人院演出相声。

村长:现在的微信五花八门,大家毫无保留。

张征:信里都说些啥啊?

村长:微信里百分之四十是保健,百分之五十是食品,剩下百分之十是段子。

张征:最近进一新群友,喜欢用歇后语。

村长:都用歇后语说了些啥?

张征:微信群是三伏天穿皮袄——里外发热。

村长:有些人茅厕里喝醋——又酸又臭。

张征:也有热唱戏的腿抽筋——下不了台。

村长:你说说哪些人又酸又臭,哪些人下不了台。

张征:那些喝醋治癌、吃臭豆腐防高血压的人。

村长:还没说下不了台的。

张征:那些老女人穿旗袍台上跳舞,旗袍纽扣崩了。

村长:还有呢?

张征:还有啊,成天美女美女,拿张杨幂的塑料脸照片贴上去的人。

村长:那怎么呢?

张征:唉,太悲惨了,隔着玻璃亲嘴——只能意思意思。

村长:那有什么呢,萝卜白菜各有所爱。

张征:我也明白这个道理。

村长:这个群像个家,无论谁说什么,大家都能发困给个枕头——正得劲儿。

张征:也有不少疯狗咬太阳——不晓得天高地厚的人。

村长:举个例子?

张征:前些日子川普和希拉里竞选总统,你说一个疯子一个骗子,应该换上你。

村长:我在微群说过这话?

张征:那你是发高烧不出汗——胡说。

【张松拿着一杯红酒,把桂桂拉到一边。

张松:桂桂,你一个人带着一个孩子不容易,看上我老板吗?

桂桂:你要我钓金龟婿啊!

张松:我助你,你也助我。

桂桂:交易吗? 知道你的心思。

张松:彼此彼此。什么时候我们去圣安东尼奥"河岸徒步"怎么样?

桂桂:一言为定。

48.内景　桂桂家　日

【桂桂站在灶台边上,沉思,猛然看到饭锅沸了出来,赶紧掀开盖子。桂桂盛上做好的饭菜,边吃边看着英文画报,老二又从画报里隐隐约约出现了。桂桂擦了一下眼睛,老二又不见了。

49.内景　一家饭店　夜

【桂桂请赵老二吃饭,两个人坐在角落里的一张桌子。菜上来了,桂桂却闻到一股臭味。

桂桂:你点了臭豆腐了?

赵老二:没有,没有。

桂桂:咦,哪儿来的?

【赵老二弯下身子,赶紧把鞋子穿上。

桂桂:你的脚?

赵老二:(不好意思)老毛病,老毛病。

桂桂:不要紧,有句老话:英雄脚臭,好汉屁多。

【桂桂把自己逗乐了,咯咯地笑起来,惹得旁桌的人眼光都朝她射过来。

桂桂:不好意思。

赵老二:你是开心果。

桂桂:你喜欢我吗?

赵老二:这样的美女我哪能不喜欢。

桂桂:真的?说话算数?

赵老二:我的脚臭你会喜欢?

桂桂:我很喜欢吃臭豆腐。这里没有,闻着就想回老家。

赵老二:光说话了,吃。

【他俩吃了起来。

50.内景 饭店 夜

【电话铃响了,老二关了电话。

赵老二:桂桂,对不起,公司有事了。

桂桂:公司怎么晚上也办公啊?

赵老二:我先上下厕所。

【桂桂无精打采地夹菜吃着,赵老二回来了。

赵老二:桂桂,我已经付账了。

51.内景 宾馆 内

【赵老二急冲冲地回到宾馆,张松在门口等着他。赵老二因为没有和桂桂畅谈,心里有些不舒服,语言有些粗。

赵老二:奶奶的,咋了? 不让老子吃顿舒心饭?

张松:赵总,和谁吃饭?

赵老二:张松,管你鸟事! 老子和相好吃饭。

张松:赵老二,今天吃枪药了。

赵老二:张松,你有什么事?

张松:明天去圣安东尼奥,去河岸徒步,去德克萨斯和墨西哥风味餐馆。

赵老二:说说景点都有什么特色吧!

张松:圣安东尼奥是德克萨斯州第二大城市,美国人口第七多。

赵老二:别别,咱又不参加地理考试,就说说圣安东尼奥有什么好玩的、好吃的就行。

张松:桂桂肯定会带咱去转。

赵老二：不是先知道点，不在她面前显出老土吗？

张松：(一拍脑门)对啊！

52.外景　去圣安东尼奥的公路　日

【早上6点多,桂桂在高速公路上开车,脸上洋溢着微笑,她的打算终于成功了。

赵老二:桂桂,咱们今天是先去德州最大的奥特莱斯,听说还是全美第二大,还是去其他景点？

【桂桂被老二给惊着了,在反光镜里睁大眼睛看着老二。

桂桂:赵总,你真行,许多来美国多年的老中都不知道。

老二接着说:premium outlets和tanger outlets连在一起,咱们是不是在premium先买点什么,因为这里有贵宾礼券,能弄满额还有额外折扣。

桂桂:那得先到premium outlets网站注册会员。

老二:昨天让张松把橘色椭圆形图打印出来了,其实不印出来,也就是多付五刀买一小手册。

张松:要去水上乐园,那附近麦当劳有折扣券可拿。

【老二瞟了一下张松。

赵老二:(笑嘻嘻)桂桂我英语不好,刚才夹在里面的英语你听出来了吗?

桂桂:听出来了,就是要分析着听才能听出来。

张松:(笑嘻嘻)桂桂老总真厉害,赵总那么烂的英语你都听得出来。

赵老二:那当然,桂桂是谁啊!

【桂桂被俩人忽悠得有点舒服了

桂桂:行了,俩活宝。不过我服了,以你们的智慧,将来的钱都得被你们赚了,太精了!

【老二和张松哈哈大笑。

【他们入餐馆,桂桂点了牛排,看见墨西哥女孩服务生微笑着为一桌美国白人倒水上汤,就是让他们等着了很久。

赵老二:要是时间太紧先去 Riverwalk。桂桂不缺什么,去奥特莱斯也是为我们买点东西带回去,说实话在国内我们也什么都有。

桂桂:(高兴)过程比到达终点好玩,咱俩想得一样。

张松:不是一家人,不进一家门嘛!

【桂桂听了,脸上泛起一团羞怯的红晕。张松去厕所了,赵老二把桂桂拉到一边。

赵老二:桂桂,我一直没有见到文静,上次去找她出了点事,什么地方才能找到她?

桂桂:深海码头基础项目吹风会后天开,你也接到邀请了吧?

赵老二:是啊!

桂桂:知道是谁邀请你的吗?

赵老二:(眼睛睁大)谁?

桂桂:是文静。

赵老二:啊!是文静?那我后天能见到她了?

桂桂:是的。脚丫喷点香水。

【赵老二十分高兴。看到张松出来,三人向前走去。

53.外景／内景　Riverwalk　日

【一家牛仔风格装饰的餐馆坐落在河边,里面弥漫着牛仔乡村音乐。

桂桂:这家餐馆我来过,烤牛肋,名吃。

桂桂:喂服务员,我们的菜怎么没上?

墨西哥女孩:(态度不好)还没好!

桂桂:他们比我们晚到啊!

墨西哥女孩:等着吧!

赵老二:唉,等着吧!这是人家的地盘。

【服务员端过牛排,放在桌上。牛排好香,老二有点饿了。他握起刀叉,熟练地用刀切牛肉。桂桂看到老二这么熟练切牛肉,很惊奇。

桂桂:赵总,你……

赵老二:工作需要,工作需要。

他们吃了一段时间,墨西哥女孩过来,脸上显得不很友好。

服务生:你们吃完了吗?不打包吗?

桂桂:打。

【墨西哥女孩很不情愿地打好包。

赵老二:张松,把账单付了。

【赵老二掏出20美元放在桌上,拿一张餐巾纸擦擦嘴。

桂桂:(不悦地)态度那么差,你还给她那么高的小费!

赵老二:以德报怨。

赵老二:让老外服务生也知道中国人的小费也是大大的好!

桂桂:最后这句话是在学日本鬼子吧!

老二:(脸一红)我要搞砸这家餐馆生意,好办。

张松:什么办法?

赵老二:只要我这里把鞋脱了。

【大家都笑了起来。

54.外景　湖边路　日

【三人走出门外,上路,墨西哥女孩追了出来。

桂桂:小费在桌上!

墨西哥女孩:(眼含泪花)我是来谢谢你们的。我不好意思。

赵老二:她说什么?

桂桂:她说小费给多了。

【他们刚要向前走,墨西哥女孩在赵老二前面鞠了一躬,跑回去了。

55.内景　商业大楼　夜

【赵老二从众多英文名字中找到写着自己名字的座位,傻乎乎地坐在那里。赵老二突然看到文静走来。赵老二想上去打招呼,但是很多人围着她,他只好退了下来。项目吹风会开始了,赵老二因为不懂英语,桂桂又不在身边,无精打采地坐在那里。

沃利斯进来,他看到了文静,忙把她拉了出去。

56.外景　商业大楼　夜

【文静不愿意和沃利斯说话,沃利斯把文静拉到了商业大楼面前的喷泉边上。赵老二跟出来,藏在喷水池边上,对面,他看到桂桂的身影。

文静:沃利斯,你知道你自己在做什么吗?

沃利斯:Grace,这房子不是我的错!是起诉者搞的阴谋。

文静:我不是说房子,房子本来我就打算卖了,还你的债。

沃利斯:那我有什么地方错了吗?

文静:这输油码头基建工程,本来就是公平竞争,你……

沃利斯:Grace,我也是为你好啊!

文静:为我好?要我用这种手段还要为我好?

沃利斯:Grace,听我说,从中国来的土豪钱多人傻,对他们来说成功和不成功也没有什么。

【沃利斯说罢,试图拉文静的手,文静甩开了他的手,离开了。赵老二听不懂他们在说什么。他看见桂桂还在外面,走过去。桂桂见到赵老二很惊奇。

桂桂:你,你怎么在偷听?

赵老二:我听不懂,听了也没办法偷。你懂的你就能偷。

桂桂:在说什么?

赵老二:男的是文静的前夫吗?是不是在闹离婚?

桂桂:比这严重得多。诈欺,这里面一定有诈。

赵老二:这跟我们有什么关系?

【桂桂拿出 iPhone 给赵老二看。赵老二虽然不认识英语,但可以猜得出这个房子正在拍卖。赵老二请桂桂将拍卖信息用微信发给他。桂桂点点头。

桂桂:赵总,信息给你有什么用?

赵老二:你的信息很重要。

桂桂:天下男人都会说大话。你赵总也是天下男人之一。

赵老二:我说大话还要做。

桂桂:这个男人出生了吗?

57.内景　商业大楼　夜

【赵老二看见文静一脸怒气,旁边的沃利斯脸上十分不安。政府工程代表在介绍这个工程。

工程代表:这项工程在今年的一月二十六日公开投标。

58.内景　拍卖会大厅　日

【拍卖员在大声地念拍卖的项目,语速比宋世雄讲解足球还快得多。赵老二听到的是一连串噜噜声。

赵老二:你听得清吗?

桂桂:听不清。

赵老二:那怎么办?

桂桂:你就举牌,我要你举你就举。

赵老二:好!

【赵老二不断地举牌,最后成功地拍下文静的房子。他激动得把桂桂抱起来。

桂桂:(生气)放下,放下。你不会看上文静了吧!

赵老二:她会看上我吗？礼物都没给她呢！

59.外景　宾馆　夜

【老二快步走出大厅。出大门走出五十多米,见一个人在抽烟,老二摸了摸自己的兜,没烟！看到前面一个人在抽烟。抽烟人转过身来,是张松。

赵老二:你怎么半夜出来抽烟呢？

张松:我女儿。

赵老二:你女儿怎的了？

张松：想让女儿来读初中，但又确实付不起学费。

赵老二:好好地在国内读书,干吗来这儿？

张松:唉,没有财力,供女儿来美国读书,这次想买些减价的世界名牌！

赵老二:原来是这样,好办,我给你置办几件,送你女儿作嫁妆吧,快拿烟来！

张松:那写着25英尺以内不许抽烟。

赵老二:别罚咱款呐！

张松:赵总这样义气,我告诉你个秘密。那个女人单身。

赵老二:谁？

张松:桂桂。桂桂喜欢气质男人,你虽然个小,但气质……

【赵老二脸开始热了起来。张松看老二反应如此激烈,脸上发光。】

赵老二:我到美国不是找对象来的,是找工程来的。今天我收到了竞标工程介绍。

【张松立刻领会,点点头。】

张松:立刻租房,算出预算。

赵老二:这次竞标可能激烈。

张松:明白。

赵老二:你进公司后为公司在施工中节省了不止几百万,大侄女来美读书,我支持你一百万。

【张松感动得要表达谢意。老二把烟头熄灭往垃圾箱里一扔。】

张松:行了,或许不要你这一百万。

60.外景　林区湖边空房子　日

【赵老二要桂桂租一套别墅。桂桂开车带他到休斯顿西南郊区的一片原始森林中。在原始森林的一块空白处建了十几栋别墅,原来的一个塌陷的沼泽地,开发商把它变成一个人工湖,别墅掩映在葱郁的原始森林中,但由于太原始,各种动物经常造访。

桂桂:这座房子的主人在隔壁,空置了很多年。你们打扫一下就租下吧。

赵老二:老美多么自私,把污染工厂搬到中国,把自己家整得这么好。

【赵老二吆喝大家一起动起手来,这使桂桂很惊讶,包括安全防护老二都一一不落,不过戴上帽子、加护脖布、防护眼镜,推着打草机的老二还真有点像渡边偷地雷!桂桂笑得前仰后合。

【老二在前面准备换一块草地,刚松开打草机的横把手,机器停下来,就听到桂桂一声尖叫。老二估摸着一定是出了大事了。老二如日本鬼子冲锋般,头上扣着一顶草绿色的帽子,帽子下面罩着一块护脖布,迎风招展,眼睛上戴着防护镜,五短身材还浑身是劲,腿虽然短了点,但跑得不慢。他瞬间穿过园门进入后园,看见桂桂如雕塑般伸直双手一动不动。老二立马冲了过去,看到地上有一条蛇,还在动。老二二话没说,捡起地下的铁锨铲住蛇脖处,一使劲铲下蛇头,拎起蛇身放在凉亭的高柜上。这时桂桂才跑过来紧紧抱住老二,老二感到了桂桂前胸肉乎乎的,使劲抱住桂桂。这也是老二第一次和桂桂拥抱,桂桂满脸通红,轻轻地推开了老二。张松和刘秘书大笑。

【桂桂替老二雇了一个女工,把房间从上到下彻底打扫了一遍。一切准备就绪。

【桂桂发现没什么可干的了,招呼老二跟她先到外面湖边散步。

桂桂:赵总,我们去湖边散散步吧!

【湖边,一只鸭妈妈带着一群鸭宝宝一拽一拽地向湖里跑去,有一只小鸭宝宝落在最后,鸭妈妈停下来等。就在此时天空中飞来一只老鹰,先是盘旋在鸭群的上空,转了几圈,突然俯冲下来,鸭妈妈毫不畏惧地伸出鸭膀遮住落在最后的小鸭宝宝,可是无济于事,老鹰透过鸭妈妈的臂膀毫不费力地把鸭宝宝叼住,飞上了高空。桂桂想上去帮忙,但还是有些畏惧,那只鹰真的很凶猛!桂桂非常佩服那个鸭妈妈,为了孩子不畏强暴,敢与鹰争斗。那只鹰把吃剩下的小鸭宝宝的骨头和鸭毛从空中散落下来,桂桂看着那些血淋淋的残骸不禁悲从心中涌来!鸭妈妈带着其他的孩子们快速地进入湖中。桂桂边擦着眼泪边往家走去!

61.内景　客厅　日

【客厅坐沙发上。

桂桂:(自言自语)为了孩子什么结果我都接受!

62.内景　民居房　日

【赵老二搬入民居房,他站在房间内看着张松,张松和刘秘书正在那里忙着算工程款。

赵老二:张松,谁也不许进来。这些数据保密。

张松:知道了。

赵老二：我去工程地点看一看。

张松：好的。

【赵老二走到门口，桂桂进来，手里抱着一只小狗。这只狗长长的绒毛，眼睛清亮得令人心生怜爱。

桂桂：赵总，你们搬到新居，我送你们一只狗。它叫嘟嘟。

赵老二：谢谢。嘟嘟来，来。

【桂桂把狗放下，嘟嘟好像听懂了老二的话，也闻到了老二的味，显得十分喜欢这种味，跑到赵老二的脚下。老二要去抱它，它用舌头舔了一下老二的手和脚，老二感到湿黏黏软绵绵的。狗闻到臭味很兴奋，喜欢那股味道。老二挺高兴，抱起嘟嘟。

赵老二：我还挺有狗缘。

【狗在老二的怀里很听话，甚至添老二的脸。老二亲自给狗准备好食物。

63.外景　海边工地　日

【赵老二打开车门，走下车，桂桂也下了车。

桂桂：原来这里就是码头工程地点，这稀泥烂塘的！

赵老二：正在预算。

桂桂：我们俩就没时间。

赵老二：我们俩，你看上我臭脚了？

桂桂:(故作娇嗔)去你的,谁愿意啊!

赵老二:我去那边看看,可能很危险,你别去。

【桂桂朝那边看去,那边是一片杂草树木丛生的地方,不很安全。

桂桂:你别去,那边危险。

赵老二:要计算工程,我必须去看看。

【赵老二向远处走去,渐渐消失在树丛中。

64.外景　树林那头　日

【赵老二出了树林,深一脚浅一脚地走向高坡地,突然滑倒,被一伙人拎了起来。

赵老二:你们,你们是谁？你们是中国人？

【麻子踢了赵老二一脚,几个美国牛仔模样的人围了过来。出来一个文质彬彬的人,赵老二一看,十分眼熟。

赵老二:你是那天跟文静说话的人？

沃利斯:你就是文静说的中国竞标人？

赵老二:我不认识你们!

牛仔:我们老板认识你,要你识相点,回你的老家去!

赵老二:为什么,不是你们政府要我来的？

【麻子一个巴掌打在赵老二的脸上,血从赵老二的牙缝中留下来。

赵老二：你……你们要做什么？

牛仔：要你哪儿来回哪儿去！

赵老二：你们不能这样做！

【麻子一拳打在赵老二的眼角上，顿时老二的眼睛肿成一个小馒头，赵老二哇地叫了起来。紧接着几个打手过来，你一拳我一脚，痛揍老二。

赵老二：(大喊)杀人了，救命！

桂桂：赵总，赵总？

【桂桂深一脚浅一脚走在树林里。这些歹徒听见桂桂的声音，闻声而退。桂桂从树林中钻出来，看见赵老二躺在烂泥地上，赶紧过来。麻子一众人见来了一个女人，又呼啦围了赵老二。赵老二欲起来，麻子又一拳砸向赵老二的命门。桂桂奋不顾身地咬住麻子的手，麻子的拳头雨点似的落在桂桂的肩上。哇的一个声音尖叫起来，这是桂桂的声音。站在远处的沃利斯一挥手，这些歹徒连滚带爬地跑了。桂桂走近赵老二。

桂桂：赵总，你怎么了？

赵老二：遇到一群坏人。

桂桂：那赶快报警！

赵老二：不要报警。

桂桂：为什么？

赵老二：我认识那个人。

桂桂：你认识？谁？

赵老二：就是那天晚上吹风会和文静说话的美国人。

桂桂：是他？是沃利斯。

赵老二：谁是沃利斯？

桂桂：沃利斯是……是……

赵老二：是谁？

桂桂：是文静的前夫！

赵老二：真的吗？

桂桂：别说了。

【桂桂拨电话，赵老二阻止了她。

桂桂：你怎么不让我拨报警电话？

赵老二：既然是文静的前夫，一定是有原因的，别拨。

桂桂：那我扶你去医院。

【桂桂扶着赵老二，向医院慢慢走去。

65.外景　政府大楼　日

【府大楼大厅，沃利斯等候在大厅里，见文静出来，他迎了上去。

文静：你把人给打伤了，说吧，你想怎么办？

沃利斯：Grace，亲爱的，我能做什么？我要他退出竞标。Grace，我想咸鱼翻身，那幢房子抵债了。

文静:我不认识你了,你用这样的手段。

沃利斯:不是为了你吗?

文静:打住!我们还有关系吗?

沃利斯:Grace,你是我的妻子,你怎么为中国人说话?

【文静听了十分愤怒。她终于控制不住了。

文静:我是中国人!我们已经没有关系了,你懂吗?别来和我扯!

【沃利斯不生气,还是若无其事的样子。

沃利斯:Grace,我打听到了,他们都是你的发小。

文静:我没时间听你胡言乱语。

沃利斯:Grace,你还可以帮我,他们在做预算,你想办法向另外一个你的同学拿到他们能出的底价。

文静:沃利斯,我越听越觉得你是多么的陌生。你走吧!

沃利斯:为了我们复婚,Grace,你帮帮我吧!

文静:我不想再看到你。

【文静离去,她走进政府大楼的办公室。电话铃响了。文静接起电话,放到耳朵边听着,脸上显出惊怒的神色。

文静:什么?好的,我马上就来。

66.内景　医院病房　日

【文静急匆匆来到病房里。桂桂和医生在里面讨论什么。

文静:好你个赵安平,终于见面了。

赵老二:文……文静……

文静:赵总,伤得重吗?

赵老二:不……不重,擦破一点皮。

【文静走过去,捡起赵老二的手查看,赵老二身体发抖。

赵老二:你真的是文静吗?

文静:那我是谁啊?

赵老二:我……好不容易找……不,你自己来的。

【赵老二欲起来,文静让他躺下。她转向桂桂。

文静:小妹,他伤得怎么样?

桂桂:姐,别担心,医生在检查内伤。

文静:好好养养,加油,把港口基建工程拿下!

【赵老二还想说什么,文静不想多讲,欲离开。

文静:桂桂,他小时候欺负过我,好好伺候这位爷。

【赵老二目送文静到门口渐渐消失。

赵老二:她是你姐?你们是亲戚?你怎么不早说呢?我欠她一个道歉,还没来得及说呢。

桂桂:好了休息吧。该知道的事多着呢。

67.内景　租屋房间　日

【桂桂送赵老二进屋。张松正在和刘秘书一起做预算。张松见桂桂和赵老二一起进来,脸上浮现出满足的笑。

张松:这两天你做"新郎"去了？不见人！

赵老二:别提了,差点没被人打死。

刘秘书:怎么啦？赵总。

赵老二:美国人不想让我来建他们的码头。

刘秘书:那我们何必要承建呢？何必自讨苦吃呢？

赵老二:明白,刘秘书,你说得很对,我们何必自讨苦吃。大家明天早上早点起来。刘秘书,明天订票打道回府。

张松:(张大嘴巴)我们……我们打道回府？

赵老二:难道你还想留在这里吗？

张松:那……既来之,则安之。

【赵老二把张松拉到一边。

赵老二:你还不明白吗？

张松:什么？

赵老二:我们的对手是谁吗？

张松:不知道。

赵老二:我们的对手是沃利斯,是文静那个离婚了的前夫。

张松：有这回事？

赵老二：我们为什么不成全他呢？

张松：(惊叫起来)打你的是他！

赵老二：醒了，你终于醒了。

张松：(绝望)就这么走了？不行！也许不是这回事。

赵老二：不过我还真的不能这么走，我还要报答我的恩人桂桂呢！

68.内景　张松的房间　夜

【张松躺在床上，辗转反侧睡不着。他悄悄地起来，来到门边，探头看看赵老二的房间。只见赵老二屋里无声无息。张松走出屋外。

69.外景　街路　夜

【天上没有一丝云，月亮挂在天边，很大很圆。月色的空气透明晶莹。张松在门前的石阶上坐下，掏出香烟抽了起来。抽了几口烟，他把烟扔了，拿出手机，拨号。手机嘟嘟地响了一阵，有人接电话。

文静：张松，还没睡？

张松：老二要打道回府。

文静：为什么？

张松：成全你和你前夫。

文静：怎么说到我的头上了？你呢？

张松:我想移民。

文静:中国发达了,别人都想回去,你却想移民?

张松:文静,有你可以帮我。

文静:我……怎么帮?

张松:(鼓起勇气)我们结婚。

文静:结婚? 张松,我没有想过。

【文静那头把电话挂了。

70.内景 租屋房间 夜

【赵老二躺在床上,脑海里出现桂桂救他的一幕。他坐起来,拨了电话。

赵老二:喂,你睡了吗?

桂桂:还没有。

赵老二:能明天约你去购物吗?我要谢谢你的救命之恩。

桂桂:明天很忙,没空。

【桂桂关上手机,赵老二这边电话嘟嘟地响着。老二一夜无眠,辗转反侧到了天亮,打开窗帘,阳光不客气地洒了进来。

赵老二:(长叹一声)咳,感情上的事真她娘的折磨人啊!

【老二看看表,中午十二点了,沏了一杯国内带来的普洱茶,刚想喝,电话响了,竟然是桂桂。

桂桂：对不起，昨天太忙，今天有时间，你好像说要去商场，我去接你。

【老二一下精神了，也不困了，拿出西服和衬衫，又喷了前几天买的香奈儿香水。刚捯饬完，桂桂电话就打进来了！

桂桂：我已到楼下等了。

71.内景　楼道　下午

【赵老二顺楼道狂奔了出去，张松开门，听到老二门响赶快跑出去。

张松：赵总什么事啊，需要我去吗？

【赵老二学老美眨了眨一只眼，没说话奔向电梯。

72.外景　门外　下午

【赵老二到楼下一看桂桂的SUV已经在门前等待了，服务员拉开车门，老二钻了进去。

桂桂：咱们去哪儿？

老二：(如梦方醒)去旮旯瑞呀吧！

桂桂：是Galleria吧！

赵老二：(脸红)是吧！

【桂桂驾车直奔Galleria，一路无话。

73.内景　商场　下午

【Galleria 商场分了几部分,他们一进门向右一拐就是卖包的。一款新到货的 LV 女包在橱窗里靓丽抢眼,桂桂反复看着包包的每个角度!然后桂桂掏出眼镜,同时一张名片掉在地上了,她全然不知。

桂桂:走吧!

【赵老二像傻子般跟着桂桂走了。

赵老二:(眼珠一转)你等我会儿别走,我去趟厕所!

【赵老二回到卖包柜台,看懂了标价三万八千刀,二话没说,掏出信用卡付钱拿包,收据都没等就奔向桂桂!

桂桂:(一愣)你给谁买的啊?

赵老二:(腼腆、小声)给你。报答你救命之恩。

桂桂:真老土,现在谁还拎这种包啊!退了去!

【老二忙转身来到柜台,担心桂桂生气,把包往柜台上一放回头就跑!气喘吁吁地跑到桂桂前。

桂桂:退了?

老二:退了!

老二:钱呐?

【老二拍了拍兜。桂桂继续朝前走着看着。老二跟着,转了一会儿。

桂桂:你要是不买什么咱就回吧!

【老二点点头,跟着桂桂就离开了。

【商场服务员追了出来,四处找赵老二和桂桂。没人。

服务员甲:钱都交了,包没拿。怎么办?

服务员乙:刚在那个女人掉的名片,打一下电话吧。

【服务员甲接过名片,按名片打来电话。

74.外景　市内公路　下午

【桂桂正在开车,接电话。

桂桂:你是不是退包没退钱?

【老二像犯了错误的小学生,负疚地点点头。

桂桂:(大怒)这么精明的人傻呀,三万八千美金啊!

赵老二:(喃喃)只要你别生气,那也不算什么!

【桂桂掉头回商场,老二发现她满脸是泪……

75.外景　广东烧鸭店　日

【广东烧鸭店在安康超市里面,莉莉正在收钱,只见徐鹏和沃利斯来到店里。

徐鹏:莉莉,给我来个鸭子。

莉莉:好呐!徐老板好久没见。

徐鹏:这是我朋友沃利斯。

沃利斯:你好。

徐鹏:莉莉你出来和你说个事。

【莉莉出去,徐鹏在莉莉耳边悄声细语,莉莉点头,沃利斯微笑。

76.内景　出租房间　夜

【赵老二回到出租房,马上去了张松房间,张松一看赵老二沮丧的神情,知道了赵老二挫败。张松心里也沉了下来。

张松:行了,别说了,你的脸都带出来了。

赵老二:你这个兔崽子,比猴都精。那你也不能憋死我啊!

张松:小妞泡不成了,可惜。

赵老二:你小子心里老想着泡妞,不会正经点。

张松:这回我比什么都正经,我有个机会。

赵老二:你可别说追求文静。

张松:多少年了,自从那次和你暴打,我没忘记过。你知道吗?现在机会来了。

赵老二:你小子一直在打听?

张松:是的,不打听怎么知道我应该怎么做啊?

赵老二:你如果欺负她,我饶不了你。

张松:这次一定会马到成功。不过,今晚桂桂说有人要请我们所有的人去参加歌友村的聚会。

77.内景　聚会厅　夜

【都是休斯顿侨界成功人士,陆陆续续来了三十多人,每人带一个菜,放在桌子上,东主负责准备了各种饮料和香槟红酒。

酒足饭饱,大家齐喊让老二出个节目,多是要寒碜一下老二。

赵老二:(大方地起立)我不会演节目,为了不让朋友们失望,我先给大家朗诵一首打油诗,然后用我有限的小胳膊小腿为大家跳一段踢踏舞,好不好?

【老二身材短小但异常灵活,今天老二使出浑身解数,先来了一段开场白。

赵老二:五短小汉庭中站,想为大家出把汗,腚大腿短转个圈。今日这丑必得献!

【大家哄堂大笑。老二说着走到庭中央,一个叫明明的男孩把书包里踢踏舞的音乐带拿出来放,老二奇特舞步,开始蹦跳起来。无论节奏和表达能力,还是舞步的灵活创意,都十分出彩。音乐停止了,客厅里爆发出热烈的掌声。

【接下来明明又给大家来一段吉他弹唱。大家的思绪还是在刚才双人踢踏舞精彩的表演里!

张松:(笑嘻嘻凑到老二跟前)你啥时和这个小孩练习了这么提气的舞蹈!

赵老二:从没一起跳过,这孩子太他娘的棒了!

张松:我不信,音乐都配齐了,你糊弄鬼呐。

赵老二:这就是缘分!

【正说着几个三十来岁的美女端着红酒走过来。

美女:赵总,你刚才的舞跳绝了,祝贺你!我们敬你一杯!

【老二拿起面前的酒杯一饮而尽,接下来又有男男女女来敬酒,老二都一饮而尽。敬酒的美女们散去。

赵老二:刚才我干的是白酒,是不是你个兔崽子搞的鬼?

张松:你把我的酒给喝了,你知道我不喝红酒。

老二:(一拍脑门)天呐!有二两啊!

【老二红酒加白酒有点晕了……

78.外景　出租房　夜

【天一片漆黑,有两三个黑影窜到出租房门口,一个人拿出钥匙开门。门开了,门上缝夹着一片纸片落到地下。谁也没有注意。几支手电照在放文件的桌子上,一个男人拿起一个本子,仔细地看着里面的内容,拿出手机将数据拍下。然后,男人一摇手,几个人滑溜出门。

79.内景　聚会厅　夜

【桂桂边招呼每个人,边注意着老二,看到老二坐在板凳上有些晃,知道他喝多了。

桂桂:这人怎么这么不知轻重,见到女人就忘乎所以了。

张松:他喝错了我的白酒!

【这时老二醒了,看到自己一只鞋掉了,以迅雷不及掩耳之势脱下衣服,裹住了脚。他又从兜里掏出香水瓶到处喷洒,直至一瓶殆尽。

80.外景　出租房　夜

【大家把赵老二扶到门口,赵老二惊觉。

赵老二:慢着!

【赵老二看看门框。

赵老二:坏了,一定有人来光顾过。

【张松吃了一惊。

张松:你怎么知道,莫非你是侦探?

【赵老二此刻酒已大醒。

赵老二:出门的时候,我特意在门框上夹了一张纸,只有门被推开纸才会飞落。

张松:(着急)那怎么办呢?

赵老二:(轻松笑笑)这真是天佑我也!

【张松和桂桂都傻了眼,不知所措。大家进门,仔细看看有没有东西失窃。他们发现没有什么东西被偷。

赵老二:(对着桂桂)我的脚,把你的车子弄臭了。

桂桂:就当我买了一盒臭豆腐吧,过几天就好了。你要去医院治治你的脚臭啊。

81.内景　枪店　日

【美国的枪店就像中国的杂货店,里面柜台里、墙上、桌上放满了各色各样的枪支,供人们挑选。

赵老二:我的妈呀,这里的枪能武装一个营了。

刘秘书:(长大眼睛)我有点怕。

赵老二:没出息。有了枪,谁也不敢进我们屋子。

枪店老板:走,打枪去。

【他们来到室内射击场。王教练拿一把左轮,装弹。赵老二已经戴上耳塞。赵老二接过枪,提起,瞄准杨松。

王教练:(神色大变)放下!

【赵老二放下枪。

王教练:上膛的,要出人命的!

赵老二:对不起!

【赵老二朝靶子举起枪,砰砰地打了几枪,震耳欲聋。

【赵老二想买枪,可一查身份不行,打电话给桂桂,桂桂来后买了。

桂桂:你要是开枪被警察发现我就犯法了。

82.内景　建筑公司　日

【文静开着车,车内放着音乐。

文静:有人吗?

【文静的车子向郊外开去,文静来到一处建筑工地。文静停好车,下车向一间活动屋走去。她走进活动房。

沃利斯:有人。

文静:好啊,你的皮包公司又复活了。

沃利斯:不就是那房子吗?

文静:你去偷人家东西了?沃利斯。

沃利斯:Grace,这一切不都为了你嘛!这几年我们过得多幸福。不是这次危机,我们能离婚吗?

文静:竞争应该光明正大,不能用这样卑鄙的手段。

沃利斯:拿不下工程,我什么都完了。

文静：你还是美国人吗?世界上最不怕竞争的人!

沃利斯:你们中国人不是有句话嘛,知己知彼,百战不殆。信息是现代战争必胜的护航。

文静:看来,你的无耻已经到了极致。

【沃利斯没和文静争辩,径直走过来。文静连连后退。沃利斯凶相毕露,一把抓住文静的胳膊,连连摇晃。

沃利斯:我知道这些黄皮人来到我们的国家,想夺走美国的财富。你充当卧底,那些人都是你的同党。你不但想害死你老公,还想毁了这个国家!

【沃利斯歇斯底里,他开始抓住文静的头发,文静痛得直咬牙,但是她没哼一声。她忍着,让他的拳头雨点般落到她的身上,她被打倒在地上。沃利斯用脚踢她。这时,沃利斯看到窗外一位墨西哥人和丽丽远远过来,他停止殴打文静,走了出去。

83.外景　工地　日

【沃利斯走出去,和他们打招呼。

沃利斯:怎么样,办妥了?

老墨:办妥了。

沃利斯:……

84.内景/外景　屋内/林子/马路　日

【文静从地上爬起来,看见窗户开着,她忍着痛,爬上窗户跳了下去,走进后面的树林。她吃力地走了一段路,看到一条马路,她站在路中间,对着开过来的车辆高举双手。

85.内景／外景　屋内／马路　日

【沃利斯突然想起文静还在屋内,转身进屋,看到窗户下一把椅子。

沃利斯:不好,这个娘们逃了。

老墨:谁逃走了?

沃利斯:你懂个屁,快追。

【他们三人跳窗穿林子追了上来。他们三人追到马路边,沃利斯看到一辆车停在文静面前,文静开门。追赶而来的老墨掏出手枪,瞄准文静。

沃利斯:别开枪！你不要命了?

【他们三个看着文静乘坐的车在他们的眼前开走。

沃利斯:(对老墨)你去9023MaxCourt看看！

老墨:好的,老板。

86.内景　文静妈妈家　下午

【文静躺在床上,满脸是伤,桂桂坐在床边唠叨。

桂桂:真不是东西,下得了这样的重手！

文静:他用卑鄙的手段。

桂桂:你别管了。

文静:我没管。赵老二是州政府请来的,对人家要公平。

【桂桂起身要走,文静叫住她。

文静:你到哪儿去?

桂桂:我还没告诉你,赵老二要不辞而别了。

文静:去告诉他们别走。

87.内景　移动屋　日

【老墨没按照暗号敲门就进来,沃利斯很生气。

沃利斯:妈的,敲门都不会啊!

老墨:他们走了,他们走了。

沃利斯:谁走了？

老墨:赵老二他们去机场了,带着行李。

【沃利斯站在那里,脸上浮现一丝察觉不到的愉悦。他走到酒柜,拿出红酒,倒了一杯,高举酒杯。

沃利斯:干杯!

【沃利斯一仰头,喝了红酒。

88.外景　高速公路　日

【桂桂急急开车出去,收到警察的一张黄色警告。

89.外景　出租房　日

【桂桂在房前停稳车,下车,走向出租房,门上锁了。桂桂急忙敲隔壁屋主的门。

屋主:他们已经去机场了。

90.内景　机场候机室　日

【候机大厅有很多人,桂桂进,四处张望,没能找到老二一行人。这时赵老二带着他们一行去取机票和托行李,赵老二将自己的护照给了柜台,旁边的一只手将护照抢回。

赵老二:桂桂?

桂桂:(流泪)你就这样不辞而别了吗?

赵老二:(真诚地)真不想给老同学添麻烦。

桂桂:你添的麻烦还少吗?文静被人打了,起不了床。

张松:谁?

桂桂:为了你的事,她挨了两次。

赵老二:真还是为了我们的事?

刘秘书:这家事我们就别插手了。

【赵老二斜眼看看刘秘书和张松,还是张松明白。

张松:刘秘书,你记住,这趟我们是为了拓展业务而来。

赵老二:张总懂我的心。中国企业不光是要走到非洲去,还他娘的走进美国来。我就不信了。走!回去!

91.外景　高速公路　傍晚

【高速公路上两辆车前后开着。

92.内景　房内　傍晚

【老二将行李放到房里,看着屋里的计算后还没有清扫的纸张,弯下腰,一张一张地把它们捡起来。刘秘书等也放下行李,帮赵老二将房间先整理好。

【赵老二将这些纸平平整整地放在桌子上,转过身。

赵老二:你们听着,我们一定要成功。

张松:对得起文静。

众人:一定成功。

【电话铃响起,桂桂接电话。

桂桂:是旅美企业家协会萌萌的电话,明天中午湖边公园 BBQ。

赵老二:啊!太好了。

93.内景　赵老二房间　日

【赵老二打开行李,到处找他的一捆中华铅笔和礼物,最后在箱子的夹层里找到。他把礼物拿在手里,走到卫生间的镜子前。他双手把铅笔呈上,嘴里说着:文静,这是我送你的礼物。突然他闻到一股臭味,是他的脚飘来的臭味。他脱了鞋子和袜子,把脚放到洗脸盆里,拼命地擦洗,把袜子放到脏衣服篮里。在镜子面前再演习一遍,把一根大珍珠项链戴在文静的项上……这时他听到刘秘书在喊 Uber 的车来了。

94.外景　湖边公园　日

【赵老二一行到了湖边公园的时候,很多本地的企业家已经到了,萌萌在前前后后张罗着。烤箱升起了烟雾,湖岸上的杨柳随风飘扬。蓝天白云,湖边林子的树叶有点黄了,转身就有一幅美丽的油画。树林边排着几排凳子。萌萌远远看到文静来了。

萌萌:文静来了!

【赵老二听到文静来了,就像听到自己中了彩票,急忙取包包里的礼物,将礼物放在袋子里。文静被很多人拉住说话。

张松:回来多好,这边风景独好。

赵老二:这个欢迎够美国的。

萌萌:请各位先落座。

【赵老二被迎到前面的椅子坐下。赵老二的眼睛向后扫了一下,他在寻找文静。只见桂桂来了。桂桂坐在老二的旁边。

赵老二:这不是文静的位置吗?

【桂桂转头看了赵老二一眼,显得有些不高兴。

桂桂:你不喜欢我坐在你旁边?

赵老二:不,我不是这个意思。我是说……

桂桂:我明白了。

赵老二:文静呢?

桂桂:就在那边和人说话呢!

【赵老二走了过去,打算把礼物送过去,不巧张松走了过来,赵老二赶快收起礼物,文静看到赵老二和张松,走到两个老同学的中间。

文静:(笑哈哈)老冤家又碰头。

赵老二:我要和张松再打一场。

张松:和为贵,和为贵。

【他们听到萌萌喊大家过去。

文静:老二,坚持住,将项目夺过来。

赵老二:你老躲着,我需要你的阳光。

张松:老二,你严肃点。

赵老二:文静,你看,到哪儿都有你的保镖。

【大家笑着走了过去。落座。

【萌萌打扮得十分优雅,她主持这次烧烤会,她走到台上。

萌萌:我们旅美企业家协会主办的欢迎赵总的烧烤餐会开始。我们今天邀请到的嘉宾有休斯顿国际商会主席亨利斯先生。现在先请我们协会亨利斯主席致词。

亨利斯主席:今天我代表休斯顿国际商会欢迎赵总一行企业家到我们休斯敦来投资。中美合作已经超越了中国制造的小商品时代。世界随着快速的变化已经变得很小,赵总这次来休斯顿参加招标是两国在基建领域的一个创造性的开拓,有着加深两国在各个领域合作共赢的深远意义……

95.外景　沃利斯会议室　日

【沃利斯坐在会议室和一群人投资商。

沃利斯:先生们,你们放心。码头工程目前我们已经没有竞争对手了。

众人:是吗?那批中国人走了?

沃利斯:是的,他们哪是我的对手啊!

众人:那你以什么来保证你一定能拿到这个工程呢?

【沃利斯打开投影机。

沃利斯:诸位你们看。我们从墨西哥进口原材料,价格能……

【这时,一个老墨进来。

老墨:先生,他们回来了。他们杀了个回马枪。

沃利斯:谁来了?

老墨:赵老二又回来了。

【沃利斯站在那里,呆若木鸡。桌边的投资商哗然起来。沃利斯强作镇定。

沃利斯:先生们,切勿惊慌,不就一个竞争对手嘛!

投资商甲:沃利斯先生,你不是说中国公司撤了吗?

沃利斯:我也不知道为什么?

投资商乙:你的信息这么迟钝,怎么和人竞争呢?

其他人:(符和)对啊,不靠谱。

沃利斯:我知道有一个关键的人在捣乱。

投资商:谁?

沃利斯:诸位,这里不便说,给我几天,我会搞定的。

【投资商都不乐意地走了。

【沃利斯气愤地站在桌子一端,咬牙切齿。

沃利斯:Grace,我们夫妻一场,你怎么这样对我?姓赵的,咱们走着瞧!

96.外景　湖边公园　日

【大家为亨利斯主席的讲话鼓掌。用餐开始,人们三三两两在烧烤炉边的桌前排队。大家让赵老二排在前面。赵老二让文静排在他的前面。

赵老二:你们对我太客气了。

【桂桂见到文静,心里很高兴。

桂桂:姐,还是让我来招待你的同学"老二",他的名字真难听,怎么不叫老大呢?

文静:以后只有你叫他老大了。

【赵老二盛了一盆烧烤,走到长桌边坐下,很熟练地先把餐布等铺在腿上,拿起冰水优雅地喝了一口。桂桂一看觉得有面子。正观察着老二,一个一米九十多高的大个子美国男人过来,桂桂马上站了起来,与其拥抱。老二一米五八,没敢站起来,好在上身不短。

桂桂:这是州长助理Johnny先生。

【老二没起身伸手握了一下老美的手。老美弯下身来热情地用英语说了句什么,老二也听不懂。

桂桂:他祝咱俩有个美好的一天。

【老二这才站起身来,不过和坐着的高度区别不太大。可他马上坐下,弯下身子,赶紧将鞋带系好。桂桂等Johnny走远后长长出了口气。

桂桂:老美拥抱是一种习俗,他是我的客户。

【老二觉得刚才确实不太绅士。

赵老二:鞋带开了,握手前先掖进去了,怕站起来绊。

【桂桂低头一看老二的鞋带确实是掖在鞋里的。

97.内景 文静房间 日

【文静看出桂桂的气不顺,准是和谁闹翻了。

文静:大妹,你在生谁的气啊?

【桂桂不做声。

文静:没有猜错的话,在生赵老二的气?

桂桂:别提他,不食人间烟火的家伙。

文静:想不到你对他一片苦心,他却……

桂桂:这个臭脚,五大三粗的,我是因为他这个人聪明实在,才动心。他是个花心大萝卜。

文静:他花谁的心了?

桂桂:不知道。他另有钟情,我还不如现在一人天马独来独往自由自在呢!何必自找烦恼,再说他也不是什么金镶玉。

98.外景　院子　晨

【赵老二在打太极拳,张松走出房子,也跟赵老二打起太极。

赵老二:昨天邀请桂桂吃中饭,她拒绝了我。

张松:(张松摸着下巴,揶揄地)孔老夫子说得对啊,唯女子与小人为难养也,近则不逊远则怨!

赵老二:这时你就别拽了,我也听不懂,你是过来人,快说说怎么回事吧!

张松:(摸了摸头)有人和她说什么了?

赵老二:对,你说得对,一定是他妈的有人搬弄是非。

张松:那你就要找她解释,有时误会需要解释。

赵老二:张松,你给我叫 Uber。

张松:你到哪去找她呀?

赵老二:她的办公室。

99.外景　花店　日

【在花店前,老二看到只有白花,比比画画地买下了,拿着就回到车上。

100.外景　桂桂公司门前　日

【出租在桂桂公司门前停住,赵老二给了司机 5 美元小费。司机拒绝,赵老二把钱往他的手里一放,抱着一大束白花就进大厅去了。

101.内景　桂桂公司内　下午

【桂桂正在电脑前忙着,抬头一看老二满头大汗,头发三分之一站立着,怀里抱着参加葬礼的白花。

桂桂:谁去世了?

【老二一愣,明白过来这是送葬的白花,立马把花转到身后。

桂桂:(自言自语)这家伙情场一张白纸。

桂桂:没事,我不在乎,没么迷信。

【老二这才松了口气。刘秘书倒茶。

桂桂:老二你先别回,晚上一起吃饭!

【老二一听乐得像个兔子,连蹦带跳地往外跑。

桂桂:站住! 你怎么回去啊?

赵老二:打个 Uber 呗。

桂桂:打什么 Uber,小李把赵总开车送回去。

102.内景　停车场小车内　下午

【桂桂的小车干干净净,赵老二闻到了一股香味,直入心扉。

赵老二:这车还挺香。

【赵老二赶紧弯下身子,把鞋带系得更紧些。

小李:我老板对你还真好,一般男人她从不让坐。

赵老二:咱们聚会那天不也是你用这车送我的吗?

小李:那是我的车。桂桂老板还有一辆 SUV 呐!

赵老二:你也开奔驰啊!

103.内景　出租房　下午

【赵老二回到自己临时办公室,刘秘书他们正在做预算。

赵老二:做得差不多了吗?

刘秘书:差不多了,刘松和孙会计基本都算完了。

赵老二:把文件放在保险箱里。

孙会计：知道。

赵老二：一定要保密。张松呢？

刘秘书：不知到哪儿去了。好，我们去吃晚饭吧！

104.内景　小餐馆　晚上

【赵老二、桂桂和刘秘书坐在餐馆吃饭。窗外天色已暗，服务员把菜端了上来。赵老二从窗户内向外看去，外面一片漆黑。

赵老二：都几点了，会到哪儿去呢？

刘秘书：老板，你给认识的人打电话问问。

【赵老二点点头，他拨通了桂桂的电话。

赵老二：张松在你这里吗？

桂桂：(声音)不在。张松失踪了？24小时后报警。

赵老二：谁要报警啊！他会回来的。

【赵老二关上电话。

赵老二：来，我们早点吃完休息。

105.内景　夜总会　夜

【夜总会室内十分嘈杂，音乐声音振耳欲聋。张松和Jackson律师坐在舞台边，比基尼女送过酒水。张松将葡萄酒倒在两个杯子里。他们俩举起杯子。

Jackson律师：祝你好运。

张松：EB5移民怎么样？不行就买个超市投资移

民。

Jackson:投资移民也可以,但按政府规定的项目投资,要盈利,还要雇佣政府规定数量的美国公民。

张松:这我听说过的。

【比基尼女孩跳着舞过来,律师在她的裤腰里塞几张美元。

Jackson:听沃利斯说他愿意担保你,如果他那里需要你这个技术人才,你就可以技术移民,不需要做什么了。

张松:他说话算数?

Jackson:听说他还是你同学的前夫。

张松:是的,是的。

Jackson:也听说他是来保护他的离婚太太的。

张松:真的吗?是条汉子。

Jackson:你和他联系就行了,具体办移民我来。

张松:(天上掉馅饼)谢谢律师。

【比基尼女孩又跳了一圈,跳着舞过来,律师又在她的裤腰里塞钱。张松此时心情大好,在她的裤腰里塞了五美元。

106.外景 赵老二的住所 夜

赵老二的住所像是被黑暗吞噬,嘟嘟听到外面有动静,汪汪地大声叫了。

【赵老二、刘秘书从小饭店回来,俩人说说笑笑。走近到住所的时候,他们听到狗叫。赵老二听出这是嘟嘟在叫,连忙张开手臂,两个人都停下脚步。只见有个黑影穿进旁边的树林。

赵老二:不好,有小偷。

刘秘书:(声音颤抖)谁?谁会是小偷?

【赵老二屏住呼吸,仔细地听着,嘟嘟不叫了。他加快脚步来到住所,开锁。嘟嘟摇着尾巴过来。

赵老二:嘟嘟,谁来过?

【嘟嘟低声哼哼。赵老二进屋。

【赵老二从抽屉里拿出枪,上膛,放在枕头底下。

107.外景　赵老二的浴室　夜

【赵老二打开冷热水龙头,放了一池水,泡个热水澡吧!躺在澡盆里,赵老二听到门外的汽车声。不一会有人用钥匙开门。

赵老二:谁?

张松:(含糊)是我。

赵老二:你上哪儿去了?

张松:和……和朋友喝酒去了。

【赵老二穿上浴衣,用毛巾擦着湿湿的头浴室出来。

108.外景　赵老二的客厅　夜

【赵老二看到张松喝酒喝得脸通红,说话舌头变直。

赵老二:你喝尿喝高了。

张松:没……没喝够。

赵老二:再喝你舌头都没了。

张松:老……二……我们移民吧!

赵老二:我们? 谁们?

张松:我……和你都。

赵老二:为什么?

张松:这……这里……好。

赵老二:我一不是贪官,二不是不法商人,三没孩子在美国读书。我又有亿万资产,受中国法律保护。移民弄不好还会血本无归!

张松:是啊! 你没必要移民。可我想移民,让女儿在美国上学。买地盖房,种菜养瓜,人间天堂。

老二:(警惕)你今天去和谁喝酒了?

张松:别提了,开眼界。娘们光屁股舞,钱往腰里塞。

老二:你去这种地方了,不要脸!

张松:(起身)老二你不懂。

【张松进自己房间。

109.内景　张松房间　夜

【张松的电话响了起来。张松接电话,一个声音传来。听到声音,张松立刻走到门边去关房间的门。张松在桌子上拿起文件,走到洗澡间。

声音:东西在吗?数据?

张松:总预算两亿五千万,耗材……

110.外景　湖边　日

【赵老二将孙会计、刘秘书和叫到湖边。同时拨通了会计电话,会计是在中国的夜里。

赵老二:你们给我听好了。预算做得差不多了。我知道我们预算做得高了些。但是也比他们低得多。我要你们再做一遍,要快要准。除了你们俩,谁也不让知道。就是张松也不要让他知道,我们有备无患。

孙会计:老板,你怎么不让张副总知道呢?

赵老二:过些日子就知道了。

刘秘书:这你放心吧。

赵老二:好,就这样。

111.内景　文静家　日

【桂桂着急的样子,坐在文静家的桌子前。

文静:你急啥?他知道吗?

桂桂:我还没提起过。

文静:那你和他说啊!

桂桂:赵老二好像没有这个意思。

文静:你儿子他接受吗?

桂桂:他还不知道我有儿子。

文静:你是剃头担子一头热。

桂桂:那你要我怎么办?

文静:你这么能干还问我?

桂桂:你是我姐嘛。

文静:找机会直接说。

112.外景　新开发小区　日

【糖城帝国峡谷城小区气派的大门口拉着一个横幅,上面写着:"欢迎中国赵家巨发建筑工程房地产开发公司莅临参观指导"。赵老二一行雇了两辆崭新的黑色豪华加长车。他们从车上下来,早有一些华人住户也在那边凑热闹欢迎。赵老二等走进小区,新开发的项目设计的确令人佩服。美丽的人工湖中的喷水泵已经启动,道路和绿化也随房种栽,房建全是木质没有灰沙,几位侨社侨领领着他们看了几个房子。

侨领:这些房子很多国内的土豪买了。

赵老二:他们还真行,帮美国繁荣房地产市场来了。

侨领:赵总,你不想买吗?

赵老二:我国内的房子比这豪华,住得好端端的,到这买房子干什么?你们的homepro去选喜欢的装潢,按图索骥然后签字的方法可学。这就是美国商人的高明之处,其实羊毛出在羊身上,但让买房人觉得心里很舒服。

侨领:赵总,现在看来,国内的土豪不再是人傻钱多快来的那种了。

【侨领的话说得大家都笑了起来……

113.内景　赌场　日

【Jackson拿出五百美金给张松。

Jackson:你玩吧!输了算我,赢了归你。

张松:天下的好事全让我给占了。

【张松只玩二十一点,因为这个输赢有限。张松这次撞上狗屎运,二十一点竟然赢了一万多美金,张松马上收手,扔给发牌员几十元小费。

赌场高级管理人员:加长林肯送你回休斯顿。

张松:谢谢,不用了,我们开车来的。

赌场高级管理人员:这是白金贵宾赌卡。今后持此卡来这吃住都免费。

张松:谢谢。

【这时,张松的电话铃响了。电话那头传来桂桂的声音。

　　桂桂:张松,你和赵总在一起吗?

　　张松:啊,嫂子,没有,我在办事。

　　桂桂:你怎么叫我嫂子了?

　　张松:现在是时候这样叫了,不是吗?

　　桂桂:那你要帮我啊!明天晚上你们都到我家来做客。

　　张松:好。要可吃到你做的好菜了。

114.内景　桂桂家　日

　　【休斯顿在落日余晖的映衬下,显得透亮洁净,赵老二和张松一行到了桂桂家。桂桂正在忙碌着。

　　张松:嫂子办事真是滴水不漏啊,看咱们后天就要去投标了。

　　【老二指了指张松。

　　赵老二:主要是请你,你没来过她家。

　　张松:(领情)是是,你经常来吗?

　　【老二看到张松边说边坏笑,上去就来一拳。

　　赵老二:别胡说八道。

　　【桂桂边想边拨弄着手机。

　　桂桂:群里有人转发了一个茶水段子。

　　张松:说来听听。

　　【桂桂扑哧一声乐了。

桂桂：人生如股，一辈子在赌。出生叫上市，恋爱叫选股，结婚叫被套，生一个娃叫半仓。

张松：那生两个呢？

桂桂：生两个娃叫满仓，生三个娃等于加了杠杆，离婚叫割肉，二婚叫重组，儿子娶媳妇叫高送转，女儿出嫁叫资产剥离，老了叫 ST，挂了叫退市！

赵老二：一生都有题材和精彩，现在我们谁也没被谁套牢。

桂桂：我还有一个高送转呢！

【桂桂的电话铃响了，是文静打来的。

文静：桂，老二来了没有？

桂桂：来了。

文静：那你找机会表白啊！

桂桂：张松也来了。

文静：妹子，都说你办事利落，今天怎么了？

桂桂：姐，开不了口。我觉得赵老二还是对你有意思。

文静：妹子，别胡思乱想。小时候他欺负我，是张松英雄救美。你想他会对我有意思？

桂桂：姐，我看得出来，我就不蹚这浑水了。

文静：姐也帮不了你。

115.内景　屋内　日

【沃利斯和他的合伙人在桌子旁坐着,他们在听沃利斯说话。

沃利斯:我们做的设计已经在选材、价格、日期都超过了那些中国人。我们这次势在必得。皮特,这次就看你怎么在投标会演讲了。

皮特:演讲,哼,那些中国人连吃饭、大小便英文都不会说,见鬼去吧。

【皮特说得在座的都哈哈大笑起来。

沃利斯:但是我们也不可以轻敌。我前妻就是一个美国通。我看比你皮特还懂美国呢!

皮特:你前妻?Shit! China Bitch!

沃利斯:你给我闭嘴!再给我说一遍,我爆了你的头!

【沃利斯抽出枪,对准皮特。皮特后退,Jackson护住皮特。

Jackson:皮特开个玩笑,何必当真!我们知道你对这个中国老婆不错。

【沃利斯收起枪,皮特躲在Jackson背后。

皮特:中国人抢了你的饭碗,你还这样护着她?

沃利斯:不是我前妻。你还是闭嘴的好!是那个叫赵老二的臭脚。我饶不了他。好了,大家如果知道了,我们就按现在的计划做。

116.外景　桂桂家后院　日

【桂桂家的后院风景如画,一川青绿的高尔夫草地,围绕着一个喷泉的人工湖。野鸭天鹅在湖中自由自在地游水,虽然入冬,但是休斯顿没有冬天,金黄色的树叶还在微风中摇落下来。只有赵老二和桂桂站在湖边的三角梅花边。桂桂见这是表白的好时机。她抬头,两只大眼睛射出温柔的光。

桂桂:赵总,你喜欢我吗?

【赵老二猛然发现自己和桂桂单独在一起,脸上泛红。

赵老二:喜欢,喜欢,喜欢你做的菜,喜欢你的直性子。

桂桂:我说的喜欢是男人女人的那种。

赵老二:男人女人的哪种?

桂桂:就是……就是……恋爱的那种。

赵老二:(笑了起来)你看我像是你恋爱的那种吗?大凡女人不会喜欢我的臭脚丫和我的个子。

桂桂:赵总,我可是严肃的。

赵老二:你会懊悔的。与其让你懊悔,倒不如不谈这个话题好。随缘!

【桂桂听到赵老二不冷不热的话,知道赵老二和自己没有什么缘分。

桂桂:不随了,我们也许缘分不到。

赵老二:对了,缘分不到,热情就不会随之而来。

【这时,传来声音打断了他们俩的谈话。他们进屋。

117.内景　商业大楼投标大厅　日

【投标大厅的台上挂着一个横幅:休斯顿盖尔韦斯顿深海码头基建工程投标会。在讲台前面有一排评论桌子,边上坐着评标的专家。一共有四家企业投标,四家发言代表坐在台上,台下坐着听标的观众。赵老二和他的团队不动声色地坐在一个角落里。中间是沃利斯和他的团队。旁边和后面坐着另外两个团队。沃利斯不时地和他的律师交头接耳地谈论什么,一副志在必得的样子。主持人宣布停标会开始,第一个出场的是沃利斯团队的会计师。他胸有成竹地介绍了他们的投标书。

会计师:我们企业的资金是七个亿……

文静:(转向赵老二)开始说谎。

赵老二:他只有这一次机会。我们……

文静:如果你让了他,也会害他的,他做不了。

赵老二:那好,我就不客气了。

【沃利斯的会计师已经宣讲完了。这时,主持人宣布赵老二的团队进行演讲。张松站起来,刚要上去,赵老二一把拉住他。

赵老二:让会计上去吧。

【张松一惊,有点不知所措。

张松:怎么啦?徐会计时差还没倒过来。

赵老二:我们准备了第二套方案。

张松:我怎么不知道?

赵老二:你没来。不知道你去哪儿了。

【张松看看不远处坐着的沃利斯,神情紧张。沃利斯恶狠狠地看了张松一眼。沃利斯的保镖走了出去。赵老二见到张松神情不对,知道有事,拉着张松坐下。赵老二的会计到了台上,把准备的演讲稿在讲台上摊开,开始演讲。张松坐立不安。

【大家演讲完毕,主持人宣布项目评判人需要 15 分钟时间评判胜负。人们陆陆续续去门外谈话休息。沃利斯走过来,来到赵老二面前。

沃利斯:你这 Shit! 我饶不了你。

赵老二:不是竞争吗?

沃利斯:(愤怒)咱们走着瞧!

赵老二:骑驴看唱本。

沃利斯:什么?

桂桂:Read the song book on the donkey back.

【沃利斯气呼呼地走了出去。

【这时铃响了。投标评选时间到。主持人上场。

主持人:这次中标的人是——

【大家屏住呼吸。

主持人:是"赵家巨发建筑工程房地产开发公司"。

【赵老二的团队欢呼起来,张松垂头丧气地坐在那里。

118.外景　公路上　日

【接老二回来的路上,桂桂手机响了三次,桂桂车后一直有一辆红色跑车紧逼,桂桂打开双闪,靠路肩慢慢停了下来,很快打完电话又回到主路,开不到三英里堵车了,前方车祸,四辆车撞在一起。警车、救护车、拖车都闪着耀眼的灯。将近五分钟,道路被清理干净,桂桂继续向前驶去,路过出事地点才知道是那辆红色跑车惹的祸。前面有一段修路,车都减速,红色跑车开得太快使前面三辆车无一幸免。

赵老二:咱得感谢来电话的朋友,要不咱也被他撞了!

桂桂:你真的很会说话,不仅说出来的话不招人烦,还让朋友听了也会高兴。

【桂桂脑子溜号,将车开到另一条高速公路上,看到高速公路上的交通牌才反应过来。

桂桂:对不起,开错路了。

老二:(笑道)路上风景这么美我还巴不得你多开一会儿呢!

【桂桂用感激的目光看了一眼。

桂桂：在生意场上，我领教了你的厉害，但是在情场上，你有点愚。

赵老二：为什么？

桂桂：因为你不知什么是真爱。

赵老二：真的吗？

桂桂：女人的直觉很准确。

赵老二：那你说说你对我爱情的直觉。

桂桂：那是要付费的。

赵老二：你跟我一样是生意人，连爱情的直觉都可以卖钱，太精明了。

桂桂：算了，我在你的眼中就一生意人。

赵老二：那你说说你的直觉。

桂桂：你爱上我姐了。

赵老二：文静？

桂桂：你还抵赖吗？

赵老二：不，是，不是。

桂桂：语无伦次。

赵老二：可是你姐小时候说要是我会飞——

【桂桂大笑。赵老二怕桂桂乱开车。

赵老二：小心开车。

119.内景　张松房间　夜

【张松在整理自己的行李，准备离开。赵老二进。

张松:老二,我辞职了吧。

赵老二:张松,我们同学一场,同事一场,怎么说辞职就辞职了呢?

张松:职场我不是你的对手。

赵老二:咱哥俩还说什么对手。

张松:记得我们打过架吗?

赵老二:记得。

张松:生意上做不过你,但是在情场上,你永远是我的手下败将。

赵老二:为什么?

张松:小时候我们打架后,文静就和我好了。

赵老二:那又怎么样呢?

张松:不管你如何报复沃利斯,文静不会跟你走的。

赵老二:难道文静跟你走?

张松:咱们试试。我先辞职吧!

赵老二:欢迎你随时回来。

【赵老二走出张松的房间,来到湖边的树林前,想了很久。

120.外景 桂桂办公楼外 日

【老二笑嘻嘻地拿着三万八千美金的包去了桂桂办公室。他兴冲冲地走进桂桂办公室,可是桂桂脸上冷若冰霜。

　　　　桂桂：你什么时候回国啊？我们还是送送你吧！
　　　　赵老二：不用了，你们忙吧，我还会来休斯顿的。
　　　　赵老二：再见。
　　　【赵老二放下包回头就走了！发了 Uber 司机的信息，要他来接。Uber 司机来了。赵老二坐上车。

121.外景　公路上　日
　　　【赵老二坐在车上，Uber 司机见赵老二今天好像兴致不高。
　　　　Uber 司机：你去哪儿啊？
　　　【赵老二听到 Uber 司机问，猛然醒过来。
　　　　赵老二：去码头工地。
　　　【Uber 司机开车朝海边开去。赵老二拿出手机，拨通小刘的电话。
　　　　赵老二：小刘，我去深港码头工地。你和会计给我去联系一个大气球的事，我要在大气球下面挂横幅。

122.内景　出租房客厅　日
　　　【小刘接的电话。张松在旁边听着。
　　　　小刘：你在哪里？
　　　　赵老二的声音：我在深港码头工地。

小刘:深港码头工地,要来接你吗?

赵老二的声音:我会打电话给你的,先联系气球。

小刘:好的。

【张松已经把整理好的箱子放在门边。张松拿出电话,拨通电话。

张松:(对着电话小声地)沃利斯,这家伙一个人在深港码头工地。

123.外景　深港码头工地　日

【Uber司机将车停在路基,赵老二下车,Uber司机调转头,见赵老二向工地深处走去。

Uber司机:(大声地)这个地方有点危险,我等你。

赵老二:你先回去吧,我还要测量一下。要一会。

【Uber司机开走了。赵老二拿出长皮卷尺,丈量。

124.内景　桂桂办公室　日

【桂桂看到沙发上这么名贵的包,再看看手表,捡起包,登登跑到楼下。

【桂桂拨通赵老二的电话。

桂桂:你在哪里?

赵老二:你怎么像侦探那样查我的人?

桂桂:这么名贵的包不是送给我的吧?

赵老二:就是拿这个谢谢你这些天的辛苦。

桂桂:我不要,你在哪儿?我帮你送去。

赵老二:我在深港码头工地。你把包转送给文静好了。

桂桂:我才不想做红娘呢!

【赵老二挂机,桂桂的电话嘟嘟作响。桂桂生气,拨通文静的电话。

桂桂:我没有错,这回轮到我做红娘了。

文静:怎么生气了?

桂桂:我浪费了这么多感情。

文静:是我让你浪费的吗?

桂桂:没有。送给我,我不要。他让我把包转送给你。

文静:他在哪儿,为什么他自己不送给我?

桂桂:他在深港码头工地。

文静:什么?他在哪儿?

桂桂:深港码头工地。

文静:不好,你马上去那里,要他回来。

桂桂:为什么?

文静:你那个坏心眼的前姐夫的公司就在隔壁。要是……

桂桂:一个前夫,一个相好,杠上了!

文静:(严肃地)妹妹,这不是开玩笑。沃利斯我知道,这个人心眼小,手下的那帮彪汉,恐出事!

桂桂:那我来接你一起去?

文静:不用了,你去把他接到他的住处。他也快回国准备工程的事了。

桂桂:好吧。

125.外景　沃利斯小屋办公室　日

【沃利斯看看手表。

沃利斯:这个家伙该出现了。

手下甲:是先生,我去看看。

手下乙:已经来了。

沃利斯:走,我们去会会这家伙。

【沃利斯走出办公室,向深港码头工地走去。远远看到一个人弯腰在搞测量。他回头,看到自己的人走了过来,他向他们摇摇手,示意他们不要过去。他继续走着。

126.外景　小路　日

【桂桂在沿海颠簸的小路上开。大海就在旁边,风景这边独好。远处,桂桂看到深港码头的大门。她开车进大门。

127.外景　深港码头工地　日

【沃利斯走近赵老二。赵老二还在全神贯注地测量。他测量好了一边,直起腰,将皮卷尺拖向另一边。猛然回头,他看见沃利斯像一只凶猛的狗扑了过来。

【赵老二让过。站在那里,两眼喷出凶光。沃利斯见赵老二有了准备,站在那里。

沃利斯:你这个混蛋,到这里来就是来破坏别人的家庭!

赵老二:你这是什么混账话!我怎么破坏你的家庭了?

沃利斯:你不来美国,我和Grace好好的。

赵老二:好好的,怎么就离婚了?

沃利斯:这是我俩的事,你管不着!

赵老二:我从来没有想来管你们。

沃利斯:你抢了我的工程。你剥夺了我对Grace爱的权利。我今天要和你来个你死我活。

【沃利斯扑过去,抓住赵老二的衣领,将赵老二摔倒在地。沃利斯用脚踢赵老二。赵老二几处受伤,头摔在石头上,直流血。赵老二躺在地上,他是一个很机灵的人。他等待着反击沃利斯的机会。沃利斯不断地用拳头去打赵老二的脑袋。赵老二抓住机会,抱住沃利斯的一条腿,用力一推,沃利斯轰然倒地。赵老二因用力过猛,脚下滑了一跤,一只鞋子飞走。赵老二用尽力气压住巨大的沃利斯,沃利斯的大腿被赵老二死命抱住,赵老二的脚钳住沃利斯的头颈,一股恶臭熏得沃利斯眼睛都睁不开。赵老二还是抱住他不放,沃利斯闭着眼睛,赵老二一挺脚,两个脚趾头插入沃利斯的嘴巴。一阵又臭又涩的味呛得沃利斯赶紧把头让开。本想咬断了赵老二的一个脚指头,但臭味太浓,令沃利斯一阵呕吐,此时臭脚救了赵老二。沃利斯起身弯腰,呕吐不止。这时,桂桂的车已经在眼前。桂桂下车,只见赵老二无恙,沃利斯蹲在地上呕吐。

桂桂:你们两个在玩摔跤?

赵老二:他想谋杀我。

沃利斯:他想熏死我。

桂桂:你们都受伤了。去医院!

128.内景　医院病房　日

【赵老二躺在病房里。医生来了,和桂桂说话。

医生:你是病人的家族?

桂桂:算是吧!

医生:基本没伤,现在就可出院。

129.内景　出租房　日

【张松把所有的行李都打好包,等着 Uber 司机。

这时赵老二从外面进来。赵老二看到张松提着行李。

赵老二:要走？没这么容易。

张松:赵老二,我什么东西都输给你了。你还想干什么？

赵老二:(笑笑)没什么,要你留下。

张松:我没有面子。

赵老二:那我给你面子。

130.内景　张松房间　日

【赵老二把张松拉到他的房间,亲自把张松的行李拿进来。

赵老二:我们从小都是竞争对手,但是从小就是朋友。

张松:老二,我对不住你。我抱着自己的小九九做些我自己也感到惭愧的事。

赵老二:我也做过对不起朋友的事。这些都过去了,我们还是好朋友。大侄女的事我负责,你尽管放心。听说你找了个中国城治脚丫子的地方,你还得带我去。

【张松的眼睛湿润了。他擦了擦眼睛。

张松:好的！

131.外景　中国城诊所　日

【老二把张松叫起,一起去了中国城诊所,还没开门,一看8:30,诊所9:00开。俩人就抽上了烟!

张松:脚又惹祸了吧!

赵老二:这次臭脚救了我,但还是要整整,情场上耽误事。

张松:谁?

赵老二:文静的那个洋鬼子。

张松:真的打起来了?

赵老二:你没看到我两眼成了小馒头。

【张松沉思,口里念念有词。

张松:作孽啊!一切都是我的不好。

赵老二:我和沃利斯打架关你什么事?

张松:我是叛徒,我是小人,是我告的密。

【赵老二摸摸脑袋,不知道张松在说什么。

赵老二:张松,我们在这里不是搞地下工作。

张松:我做了见不得人的事,就像在搞地下工作。

赵老二:说来听听。

张松:债多不愁,虱多不痒,我也豁出去了。昨天你去工地,是我告诉他们的。

【赵老二点点头,想了想。

赵老二:张松,没你的事,就是你不告诉他们,他们也看得见我在他们的边上。你想想,我抢了他的饭碗,就你不告诉他,他也会找我报仇的。

【正说着突然狂风大作,暴雨随即而来,俩人躲进一家超市。躲雨的人中其中一个就是诊所的护士。

护士:医生来电话了今天诊所停业。

【赵老二看了一眼张松,张松掏出手机定了Uber。

132.内景　药店　早上

【张松陪赵老二走进中国城中药店,看到广告治脚臭的药。

赵老二:我要买脚臭药。广告做得挺神的,有效吗?

店员:没有效,不要钱。

赵老二:还这么硬气?我倒要看看。

【赵老二买了药,把药打开,当场吃。店员要他在椅子上坐15分钟。神奇,脚就不臭了!

赵老二:挺神啊!多少钱?

店员:八美元。

赵老二:嗨,嗨,神药。

店员:祖传的。

【店员看到赵老二的鼻子红红的。

店员:你的鼻子也能治好。

赵老二:啊,这趟美国没白跑。一共多少?

店员:共七十五美元,一切都搞定！三天后鼻子才见效。

赵老二:我的鼻子不痒不流脓了吗？

店员:你是好人吗？

赵老二:以前……不过现在是好人。

店员:好人就有效。

133.内景　出租房　日

【桂桂来到出租房,小刘接待桂桂。桂桂将航空机票给他。

小刘:租一个直升机或氢气球在什么地方？

桂桂:要这些做什么？

小刘:我也不知道,是老板安排的。

桂桂:你老板要打广告？

小刘:我真的不知道老板葫芦里卖的什么药。

桂桂:那我就帮你们想办法吧！

小刘:告别会在方庄主的农庄。

桂桂:送赵老二还这么隆重？

134.外景　方庄主农庄　日

【休斯顿的父老乡亲都来了。人群中,张松看到沃利斯也来了。他站得远远地看着。文静和桂桂开着车也来了。张松张罗着安排饭菜,烧烤和菜肴桌子按英国的风格排开。小刘和会计也忙不迭地招待人。不远处的几根木桩上绑着一个热气球。下面的一卷直幅字还没有撒开。

文静:这架势真像贵族结婚。

桂桂:(玩笑)老二为我安排的吧!

文静:(玩笑)美了你了。这土豪还真是成了贵族了。

【大家陆陆续续到了。赵老二穿着西装,打着领带,别扭得活像卓别林。他出现在大家眼前。

赵老二:文静,桂桂,请你们到前面来。

【今天大家把注意力都给了赵老二。在音乐中,赵老二走上讲台。赵老二站在讲台前,显得很激动。

赵老二:休斯顿的乡亲们。这里应该是我的第二故乡。因为这里不仅有我的事业,也有我爱的人。

【文静和桂桂相互看了一眼,桂桂脸上浮现出一丝只有文静察觉得到的笑容。

文静:(俏皮,悄悄地)谁啊?是你。

赵老二:她是我的亲妹妹竹马。

大家:(七嘴八舌)那个是竹马?我们这里没有竹马。

【赵老二从讲台上下来,手里拿着一打铅笔和一把钥匙,走到文静前面。

赵老二:文静是我小学同学,我小时候很淘气欺负文静,把她的中华铅笔给折断了。为此,张松英雄救美,和我打了一架。(他把张松拉了过来)张松作证。现在我赔她一打中华铅笔。

【赵老二把铅笔恭恭敬敬地放到文静手里。文静有些害羞,桂桂替文静接过。文静从口袋里掏出一个小盒子,她拿出当年被老二折断的铅笔。

文静:(开玩笑)大家看,这是他这个捣蛋鬼当年折断的铅笔。

【大家哗然。

文静:(继续)不过我不要他的钥匙。我不接受嗟来之食。

【这时一阵大风刮了过来。有人看到气球的绳子松动了。

张松:热气球要飞走了。

【这时,赵老二飞身过去,抓住一条绳子。赵老二的五短身体被热气球慢慢拖了上去。

文静:放手,老二放手。

众人:放手,赵总放手……

【突然又跑出一个人来,死死抓住赵老二,文静一看,是沃利斯。

沃利斯:抓住,赵总,抓住,我拖着你。

【赵老二也顾不得恨沃利斯了。沃利斯一手抱住赵老二,一手抓住另一根绳子,慢慢向前拖过去。

文静:沃利斯！别放,抓住老二！

张松:老二,别放手,我们来了。

【突然又来了一阵风,气球离开地面,直卷字幅卷开散落,上面写着:文静！我爱你！

【气球慢慢地飘向空中,赵老二和沃利斯狠命地抓着绳子。气球飘到了一根电线边上。

文静:老二,抓住电线！

众人:抓住电线！抓住电线！

【赵老二和沃利斯同时抓住电线。桂桂急中生智,拨通911,报告了情况。

【赵老二和沃利斯挂在电线杆上,赵老二和沃利斯将腿缠在电线上。在电线杆上,出现了火花,随时电线都会断。

文静:坚持住,坚持住！

桂桂:我已经打电话给救护人员,他们马上来了。

【一会儿,听到了消防车的呼叫声。消防车瞬息就到了。消防队员在电线下铺了厚厚的一层气囊。一个消防队员上了消费梯子,抓住沃利斯,把他救了下来。当他再上去时,想不到赵老二大吼一声:"文静我飞下来了。"赵老二放手,从电线上飞身下来,自由落体到气囊上。众人愕然。

【文静上前,从气囊上将赵老二拉下来。大家欢呼,唱起歌,跳起舞来。

135.外景　方庄主农庄门口　日
　　【两辆白色林肯加长车停在方庄主农庄门口。众人一起送赵老二上车。

136.外景　休斯顿高速公路　傍晚
　　【休斯顿的夜晚灯火通明,满天繁星的夜空。
　　赵老二:中国啥时候也能这样就好了。
　　张松:(接过来)一定会的,如果国内像你这样有实力的大企业家出来看看,一定会激发起把自己国家建设得更加强大、更美好的信念!
　　老二:(没有谦虚)这次回去动员所有企业界的朋友捐款出力,先搞好环保,下一步就是食品和水!
　　文静:(鼓起掌来)赵总,看来还真的要你们有实力的企业家出来看看,能引发出建设好自己家园的许多想法!
　　赵老二:求人不如求己!这是雍正说的,还是你告诉我的,咱还是把自己的事整明白了吧。

137.内景　休斯顿国际机场　夜
　　【机场上徐鹏和老二紧紧拥抱告别,老二塞给他五百美金,徐鹏推搡。

赵老二：不要白不要，这是赌场赢的。

张松：是赢的。

【赵老二按美国规矩拥抱了桂桂，礼节性的，不是使劲抱住的那种。

【赵老二走到文静前，看着她。

赵老二：让我拥抱你一下吧。

【文静张开双手，拥抱赵老二。赵老二在她耳边悄悄说话。

赵老二：文静，我们梦想终于实现了。我抱了你。你学了这么些年，还是回去吧。

文静：你也不是到美国来做生意吗？

赵老二：带着你的那个，他有丰富的建深港码头的经验。

文静：你不是也在追求我吗？不怕我回到他身边。

赵老二：他还是深爱着你。

桂桂：姐，你亏了，他的内衣口袋还有一个价值连城的钻石戒指。

【文静狠狠地盯了她一眼。桂桂向她吐了吐舌头。

【大家正在告别之际，来了两辆林肯轿车，德州州长、休斯顿市长和助理们下车向飞机走来。

市长：赵总，新校址投资一千万美金，意向性协议签了我代表市政府谢谢你。

赵老二:哪里哪里,教育是我最关心的。

【市长讲了很多话,赵老二听不懂。

翻译:赵先生走得太匆忙,原本要举行一个仪式,颁发休斯顿荣誉公民证书,现在只好由在场的女士们、先生们见证这美好的时刻了。

【张松接过荣誉市民证书,老二和市长、州长热烈握手,来送行的人们鼓起了掌,在掌声中,赵老二和张松登上飞机。